Christmas in Ribbon Ridge

Ribbon Ridge, Oregon
Buch 1

Darcy Burke

Übersetzt von
Petra Gorschboth

Zealous Quill Press

Christmas in Ribbon Ridge
Copyright © 2013 Darcy Burke
All rights reserved.
Paperback ISBN: 9781637261880

Das ist ein fiktives Werk. Namen, Charaktere, Orte und Vorfälle sind das Ergebnis der Fantasie der Autorin oder werden fiktiv verwendet. Jede Ähnlichkeit mit tatsächlichen Ereignissen, Orten oder Personen, lebendig oder tot, ist rein zufällig.

Buchgestaltung: © Darcy Burke.
Buchumschlag: © Dar Albert, Wicked Smart Designs.
Deutsche Übersetzung: Petra Gorschboth.

Alle Rechte vorbehalten. Vorbehaltlich der Bestimmungen des U.S. Copyright Act von 1976 darf kein Teil dieser Publikation ohne vorherige schriftliche Genehmigung des Urhebers in irgendeiner Form oder mit irgendwelchen Mitteln reproduziert, verteilt oder übertragen oder in einer Datenbank oder einem Abrufsystem gespeichert werden.

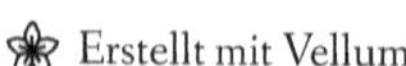 Erstellt mit Vellum

Christmas in Ribbon Ridge

Willkommen in Ribbon Ridge, einer beschaulichen Kleinstadt im Herzen von Oregons Weinanbaugebiet mit weitschweifenden Aussichten auf Weinberge und sanfte Hügel. Hier liegt der Duft von Tannen und Lavendel in der Luft. Ribbon Ridge ist Heimat der reichen und mächtigen Archer Familie, die eine Kette von Brauereigaststätten, Luxusunterkünften und Veranstaltungsorten. Die Einwohner sind stolz auf ihre herzliche, eng verbundene Gemeinschaft. Doch warum sind die meisten der sieben Archer-Kinder aus der Stadt fortgezogen?

Begleite die Archers und die Westcotts auf ihrer emotionalen Reise, ihrer Rückkehr nach Hause, ihrer Wiedervereinigung und beim Entdecken der Liebe, wenn sie es am wenigsten erwarten.

Chloe English bricht aus ihrem strukturierten Leben aus, kündigt ihren hochdotierten Job und zieht quer durchs Land, um als Kunstlehrerin zu arbeiten. Dieses einfache Leben ist genau, was sie sich erhofft hat, bis ihr Haus

niederbrennt und sie obdachlos wird. Als ein gut ausse-
hender Feuerwehrmann heldenhaft in Erscheinung tritt,
um ihr den Tag zu retten, kann sie ihr Glück kaum fassen.
Er ist locker und bescheiden ... und einfach alles, was sie
sich von einem Mann erhofft – diesen Anschein erweckt er
zumindest. Es stellt sich heraus, dass er genauso ehrgeizig
wie ihr Exmann ist, mit einer Familie, die noch fordernder
sein mag als ihre eigene, und dunklen Geheimnissen, die er
vielleicht nie enthüllen wird.

Der als Teenager verwaiste Derek Sumner hat einen Platz
in der Familie seines besten Freundes gefunden. Doch alle
Liebe und Unterstützung seiner Ersatzeltern und -
geschwister können die Trauer über den Verlust nicht
auslöschen, die er alljährlich zu Weihnachten zu
verdrängen versucht. In diesem Jahr lernt er jedoch die
heitere und aufreizende Chloe kennen, deren Optimismus
und Lebensfreude ungemein ansteckend auf ihn wirken.
Wird sie ihm helfen können, sich seiner düsteren Vergangenheit zu stellen, damit sie zu zweit eine glückliche
Zukunft aufbauen können?

Für meine gute Freundin Elisabeth Naughton, die von dieser Serie nicht ablassen wollte! Hoffentlich ist sie so, wie sie es sich erträumt hat.

Kapitel Eins

Ribbon Ridge, Oregon, Dezember

Chloe English zitterte in dem kalten Wind, der die Straße entlangfegte, als sie sich von der Tür des Arch and Vine Brauhauses entfernte, doch ihr Schritt war beschwingt und ihr war warm ums Herz. Bis Weihnachten waren es nur noch drei Wochen, und obwohl sie sich in einer neuen Stadt befand und keine Freunde oder Familie in der Nähe hatte, war sie zuversichtlich, die richtige Entscheidung getroffen zu haben, als sie seinerzeit beschloss, ans andere Ende des Landes zu ziehen.

Und zur Bestätigung hatte sie soeben eine Stelle als Kellnerin im Arch and Vine ergattert. Zusammen mit ihrem Lohn aus ihrer Teilzeitstelle als Lehrerin, die sie im Januar antreten würde, sollte das Gehalt dafür reichen, dass sie sich ein bequemes, wenn auch nicht extravagantes Dasein leisten konnte. Nicht, dass sie extravagant leben müsste – das war nicht ihr Traum, sondern der ihrer Mutter.

Frohsinn und Hoffnung beflügelten ihren Gang auf dem Weg zu ihrem Auto am Ende des Blocks. Ein leichter Sprühregen – sogar der Regen war hier schön – senkte sich allmählich herab, als sie in ihren Honda Civic stieg und den Motor anließ.

Das aufgedrehte Gefühl in ihrem Brustkort blieb ihr während der fünfzehnminütigen Fahrt zu ihrem kleinen Mietshaus am Rande von Ribbon Ridge erhalten. Es war das abgelegenste Haus, das sie je bewohnt hatte, doch mehr konnte sie sich nicht leisten. Darüber hinaus fand sie Gefallen an den malerischen bogenförmigen Türen und den altmodischen Einbauschränken, wenn sie auch zugeben musste, dass sie die Abwesenheit einer Spülmaschine erst noch zu schätzen lernen musste.

Sie wackelte während der Fahrt mit dem Kopf zu albernen Liedern im Radio im Takt, die von pinkhaarigen Popstars und niedlichen britischen Boybands gesungen wurden, wobei sie insgeheim erstaunt war, wie gut sich alles entwickelt hatte. Ihrer Mutter würde dies sehr missfallen. Sie wartete nur darauf, dass Chloe ihre Sachen packte und noch vor Weihnachten nach Hause kam und ihren Fehler, sich selbst entwurzelt zu haben, kleinlaut eingestand. Dies würde ihr jedoch im Traum nicht einfallen.

Das Lied erstarb auf Chloes Lippen, als ihr Blick auf die orangefarbenen Flammen fiel, die in den dunklen Nachthimmel züngelten. Es gab nur zwei Häuser in der schmalen Straße – ihres und ein weiteres eine Viertelmeile weiter entfernt.

Je näher Chloe kam, umso kälter wurde ihr. Ihr Haus stand in Flammen. Wirklich, so richtig in Flammen. Sie parkte gegenüber den Feuerwehrautos auf der anderen Straßenseite und war mit einem Satz aus ihrem Fahrzeug gesprungen.

»Oh, Chloe!«, rief Mrs. Boatwright, ihre einzige Nachbarin, die mit raschen Schritten auf Chloe zustürmte. Sie hatte ihr graues Haar aufgesteckt und trug einen hellblauen Regenmantel zu leuchtend orangefarbenen Crocs mit Felleinlage. »Ich wusste nicht, wie ich Sie erreichen konnte. Es tut mir so leid. Ich musste mich an den Notruf wenden.«

»Ich danke Ihnen, dass Sie das getan haben.« Chloe wollte fragen, was Mrs. Boatwright mit ihrer Handynummer angestellt hatte, die sie ihr neulich erst bei ihrem Kennenlernen mitgeteilt hatte, doch dann erinnerte sie sich an die reichlich unordentlichen Zustände im Haushalt der Frau und dachte sich, dass sie wahrscheinlich unter all den Zeitschriften, den Werbeprospekten und dem anderen Durcheinander verloren gegangen sein musste. »Wissen Sie, wann das Feuer ausgebrochen ist?« Chloes Blick war auf die orange-gelben Flammen fixiert, die an der Fassade des kleinen Hauses leckten. Das Feuer hatte die gesamte linke Seite des Gebäudes erfasst, wohingegen die Garage auf der rechten Seite größtenteils unversehrt geblieben war – zumindest bislang.

Sie wünschte, sie wäre mit dem Auspacken nicht so schnell gewesen. Sonst wären einige ihrer Kleider und andere Sachen noch in der Garage und es wäre vielleicht möglich gewesen, sie zu retten. Sie hatte sogar die meisten ihrer Bilder und Kunstwerke aufgehängt, mit Ausnahme von vier Leinwänden, für die sie noch keine Zeit gefunden hatte.

Mrs. Boatwright klopfte Chloe auf die Schulter. »Ich habe die Flammen vor etwa einer Stunde bemerkt. Die Feuerwehr hat fast zwanzig Minuten gebraucht, um hierher zu kommen.«

Es überraschte Chloe, dass sie überhaupt so schnell gekommen waren, bedachte man, dass das Haus von dort aus gesehen, wo die Feuerwehr ihren Stützpunkt hatte, am anderen Ende der Stadt lag.

In diesem Moment schritt ein schlanker Mann mittleren Alters auf sie zu. »Sind Sie Miss English?«, erkundigt er sich.

Chloe nickte, und angesichts des Mitgefühls in seinem Tonfall bildete sich ein Kloß in ihrem Hals. »Das bin ich.«

Sein freundliches Gesicht war wettergegerbt, als hätte er schon hundert Brände bekämpft. »Ich bin Hank Johnson, der Brandmeister. Mrs. Boatwright sagte, dass sie hier allein leben. Es ist also niemand sonst im Haus? Haben Sie Haustiere?«

Chloe schüttelte den Kopf. »Nein, dort wohne nur ich. Was ist denn vorgefallen?«

Er legte die Stirn in Falten und nahm ihre Hand zwischen seine großen, behandschuhten Handflächen. »Geben Sie uns Gelegenheit, die Flammen zu löschen, und dann werden wir herausfinden, was passiert ist, einverstanden?« Er warf ihr einen aufmunternden Blick zu – es war zwar kein Lächeln, doch es lag eine Herzlichkeit darin, die Chloe ein wenig Trost spendete.

Mrs. Boatwright hatte Chloe die Hand auf die Schulter gelegt und streichelte sie noch einen Augenblick lang. »Ich bin froh, dass Sie nicht zu Hause waren.«

»Ich auch. Aber vielleicht ...« Wäre sie daheim gewesen, hätte sie das Feuer vielleicht stoppen können, bevor es sich ausgebreitet hatte.

Mrs. Boatwright nahm ihre Hand von Chloes Schulter und verschränkte die Arme, während sie den Feuerwehrleuten beim Kampf gegen die Flammen zuschaute. »Sie können bei mir wohnen, wenn Sie wollen. Ich habe zwar kein Gästezimmer, aber ich habe ein Sofa. Ich werde einfach die Hunde runterscheuchen.«

Ihre vier sehr großen Hunde nahmen in Mrs. Boatwrights ohnehin schon vollgestopftem kleinem Haus so viel Platz ein, wie sie nur konnten. »Ich weiß das Angebot zu schätzen, Mrs. Boatwright, und falls ich eine Unterkunft brauche, werden Sie die Erste sein, die ich anrufen werde.« Ehe sie allerdings darauf zurückgreifen wollte, würde sie ihr Glück in einer der örtlichen Pensionen versuchen. Sie besaß zwar keine großen Ersparnisse, doch dafür hatte sie auf ihren Kreditkarten großzügigen Spielraum – nicht, dass sie diesen voll ausreizen wollte. Derzeit sah es allerdings so düster aus, dass es gut dazu kommen könnte. Wohin sollte sie gehen?

Abermals konzentrierte sie sich auf das brennende Haus und die Männer, die damit beschäftigt waren, das Feuer zu löschen. Während sie den Flammen zuschaute, hatte sie das Gefühl, als würde ihre Welt untergehen und alles mit sich reißen, was sie vorgehabt und sich erträumt hatte, als sie allein hierhergekommen war. Tränen der Traurigkeit und Frustration rannen ihr über die Wangen und vermischten sich mit dem Regen, der immer stärker zu prasseln begann. Das war so ungerecht! Sie hatte sich so angestrengt, um für einen Neuanfang hierher zu ziehen. Es war, als wollte das Schicksal ihr mitteilen, sie sollte heimkehren.

Das würde sie nicht tun. Ihr Zuhause war dort, wo sie es sich aussuchte und verflixt noch mal, sie hatte sich für hier entschieden. Dann wischte sie sich energisch über die Wangen und reckte das Kinn vor. Sie hatte sich Ribbon Ridge ausgesucht.

»Hey! Hier ist eine Katze!« Ein großgewachsener Feuerwehrmann eilte von hinten um das Haus herum. Er hielt ein kleines Bündel in der Armbeuge, während er zu Chloe lief. »Ist das Ihr Kätzchen?«

Chloes Blick blieb auf dem kleinen grauen Fellknäuel

haften, das sich an seine nasse, rußverschmierte Jacke schmiegte. Ihr Herz krampfte sich zusammen. »Wo haben Sie sie gefunden? Ist sie ...?« Sie konnte sich nicht überwinden, das Wort »tot« auszusprechen.

Sein Blick senkte sich auf das Kätzchen hinunter. »Sie atmet. Ich denke, sie wird es überstehen. Ich habe sie in der Nähe der hinteren Veranda entdeckt.« Dann richtete er den vollen Blick aus seinen dunklen Augen auf Chloe. »Aber sie gehört Ihnen nicht?«

Chloe schüttelte den Kopf.

»Ich glaube, etwas stimmt mit ihren Augen nicht, denn sie tränen. Können Sie sie für einen Moment festhalten?« Er hielt Chloe das Tier entgegen. »Ich muss zurück.«

»Natürlich.« Chloe schmiegte das Kätzchen an ihre Brust und kuschelte es in ihren Mantel, um es zu wärmen. Das arme Geschöpf war eiskalt und pitschnass.

Die Feuerwehrmänner kämpften weiter gegen die Flammen an, und nach etwa einer weiteren Viertelstunde zog Chloe sich schließlich in die relative Wärme und Trockenheit ihres Autos zurück. Dort schnappte sie sich ihren Lieblingskapuzenpullover, der seit einigen Tagen auf dem Rücksitz lag, und wickelte das kleine Kätzchen darin ein. Sie behielt das Bündel auf ihrem Schoß und drehte die Jacke an eine neue trockene Stelle, sobald die gerade benutzte für das Kätzchen zu feucht wurde, wobei sie das kleine Tier streichelte, während sie den Flammen zusah, wie sie ihr Haus niederbrannten.

Stunden später war das Feuer endlich gelöscht. Ein verkohltes Gerippe ohne Dach war alles, was von ihrem niedlichen kleinen Haus noch übrig war. Was den Flammen nicht zum Opfer gefallen war, wurde gewiss vom Wasser durchtränkt.

Nachdem das Feuer gelöscht war, machten sich die

Feuerwehrleute offenkundig an die Aufräumarbeiten. Der Brandmeister der Mannschaft kam herbei und nahm Chloes Aussage sowie ihre Kontaktdaten auf. Er versprach, sich morgen früh bei ihr zu melden. Er hatte versucht, ihren Vermieter zu erreichen, was ihm allerdings nicht gelungen war.

»Er ist über Weihnachten in Mexiko«, erklärte Chloe wie betäubt.

Nachdem der Brandmeister zum Haus und seiner Mannschaft zurückgekehrt war, näherte sich der große Feuerwehrmann ihrem Auto. Chloe stieg aus und ging ihm entgegen.

»Alles in Ordnung?«, fragte er, während er sich suchend nach dem Kätzchen umblickte, das er dann auf dem Beifahrersitz entdeckte.

»Mit mir ist alles in Ordnung«, meinte sie, ohne das im Geringsten so zu meinen.

»Ihnen geht es nicht gut. Gerade eben ist Ihr Haus niedergebrannt.« Er zuckte zusammen, als ihm aufging, dass er nicht nur das Offensichtliche in Worte gefasst, sondern sie auch unverblümt an die Schrecklichkeit ihrer Situation erinnert hatte.

»Ja, das weiß ich«, gab sie zurück, wenngleich sie nicht einmal wütend auf ihn war, weil er dies gesagt hatte. Ihre Wut galt dem Leben.

»Es tut mir leid.« Und an der Sorge in seinen dunklen Augen erkannte sie, dass er das auch ernst meinte. Er nickte in Richtung des Kätzchens. »Was haben Sie mit ihr vor?«

»Ich werde sie behalten.« Sie blickte auf das Kätzchen, das sich in ihrem Kapuzenpullover zusammengerollt hatte, als wäre es Chloes einziger verbliebener Anker. Und vielleicht war dem auch so. »Es sei denn, irgendjemand macht einen Anspruch auf sie geltend.« *Gott, bitte lass das nicht passieren.* Dann bestünde die Gefahr, dass sie wirklich durchdrehen würde, und sie konnte sich gerade noch so zusammenreißen.

Der Blick des Feuerwehrmannes wanderte zu dem Kätzchen. »Vielleicht könnte ich sie nehmen.«

Chloe wollte schon den Mund aufmachen, um ihn zurechtzuweisen, doch dann wurde sie ein wenig verspätet auf den leicht neckischen Ton in seiner Stimme aufmerksam. Er versuchte, ihre schreckliche Stimmung aufzuhellen, und in gewisser Weise wusste sie das zu schätzen, wenn es ihr auch verdammt schwerfiel, das zu zeigen. »Es tut mir leid, aber Ashley ist schon vergeben.«

»Ashley?«

Chloe zwinkerte ihn an. »Sie ist grau.«

Er lachte, und es klang tief und angenehm. Sein Lachen war Balsam für ihre strapazierten Nerven und spendete ihr zumindest einen Augenblick Trost. »Spaß beiseite. Sie haben beim Vorgesetzten ihre Aussage gemacht, richtig? Sie hatten doch keinen Weihnachtsbaum, oder?«

»Noch nicht.«

Er nickte. »Das wäre der einfachste Verursacher gewesen, aber dann muss wohl etwas anderes das Feuer ausgelöst haben. Sie haben keine Geräte angelassen? Einen Lockenstab oder so etwas? Keine brennenden Kerzen?« Er hob die Hand. »Schon gut, schon gut, das hat mein Vorgesetzter sicher bereits alles mit Ihnen besprochen. Es tut mir so leid, dass Ihnen das passiert ist. Wir werden bestimmt eine Lösung finden.«

Sie wusste seine Anteilnahme und seine Fürsorge sehr zu schätzen, aber die Tränen verstopften ihr die Kehle und sie war unfähig zu sprechen.

Als würde er ihre Verzweiflung spürte, legte er ihr die Hand auf die Schulter. »Sie werden das schon überstehen.

Haben Sie irgendwen, den Sie anrufen können? Freunde? Familie?« Er sah sich um, als würde er gerade erst bemerkten, dass sie mutterseelenallein war. Und verdammt, sie war tatsächlich ganz *allein*. Wenn sie jetzt ihre Eltern anriefe, würden diese darauf bestehen, dass sie das erste Flugzeug zurück nach Pittsburgh nahm und ihren Traum von einem neuen Leben begrub.

Doch sie weigerte sich, jetzt nach Hause zu flüchten. Es bräuchte viel mehr als ein Feuer, um ihre Pläne zu durchkreuzen. »Das habe ich nicht. Ich bin erst vor etwa zehn Tagen hierhergezogen. Ich nehme mir ein Zimmer in einem Bed-and-Breakfast in der Stadt – dem Blackberry Inn.«

Er schob seinen Helm zurück und runzelte die Stirn. »Ich glaube nicht, dass Sie Ashley dorthin mitnehmen können. Ich kann sie so lange nehmen, wenn Sie wollen. Nur vorübergehend natürlich«, beeilte er sich hinzuzufügen. »Ich verspreche, dass Sie sie zurückbekommen werden.«

Voller Argwohn beäugte sie ihn, aber andererseits wollte sie ihm auch vertrauen. Das musste sie, um diese fürchterliche Nacht zu überstehen.

»Danke, das ist sehr nett von Ihnen.« Dann drehte sie sich von ihm weg und hob das Kätzchen vorsichtig aus dem Auto, das noch immer in ihren Kapuzenpullover eingewickelt war, und reichte es dem Feuerwehrmann. »Sie scheint sich aufgewärmt zu haben, aber ich bin sicher, dass sie ein wenig Futter vertragen kann. Und Sie haben glaube ich recht, dass mit ihren Augen etwas nicht stimmt.«

Er nahm ihr das Kätzchen ab und betrachtete das kleine graue Gesichtchen. »Ich kenne den Tierarzt persönlich. Gleich morgen früh suche ich ihn auf, damit er einen Blick auf sie wirft.«

Chloe konnte seine Großzügigkeit kaum fassen. Wieder

war es knapp davor, dass ihr die Tränen gekommen wären, doch sie kämpfte sie zurück. »Das ist sehr nett von Ihnen. Ich kann Ihnen gar nicht sagen, wie dankbar ich Ihnen für Ihre Freundlichkeit bin.«

»Es ist meine Pflicht. Und ein Vergnügen.« Er lächelte, und zum ersten Mal seit Stunden hatte Chloe das Bedürfnis, es zu erwidern. Sie hielt sich allerdings zurück. Das konnte sie nicht tun. Noch nicht. »Warum fahren Sie nicht zum Blackberry?«, wollte er wissen. »Unser Vorgesetzter wird sich morgen mit Ihnen in Verbindung setzen. Und ich werde mir von ihm Ihre Nummer geben lassen, damit ich Ihre Katze zurückbringen kann.«

Sie nickte, und urplötzlich fühlte sie sich bis auf die Knochen müde. »Ich danke Ihnen. Nochmals.«

Er liebkoste Ashley, und Chloe war von dem Gegensatz zwischen dem winzigen Fellknäuel, das sich an einen breitschultrigen, zwei Meter großen Mann mit einem umwerfend gutaussehenden Gesicht schmiegte, fasziniert. »Schlafen Sie ein bisschen. Morgen sieht alles schon ganz anders aus.«

Das musste es doch, nicht wahr?

Er reichte ihr die Hand und dann hielt er ihr die Autotür auf, während sie einstieg. Mit einem letzten dankbaren Blick in seine Richtung ließ sie den Motor an und wendete, ehe sie das Sträßchen entlangfuhr, wobei sie den Blick von den Überresten ihres Hauses abwandte.

Die Fahrt in die Stadt schien ewig zu dauern, aber vielleicht lag das an ihrer Erschöpfung. Immerhin war es praktisch mitten in der Nacht. Vielleicht lag es aber auch an ihrer abnorm langsamen Fahrweise. Es sah so aus, als wäre sie nicht in der Lage, voranzukommen.

Darüber frustriert, dass sie in Selbstmitleid versank, schüttelte sie die Schultern und trat das Gaspedal durch.

Das würde sie schon schaffen. Um einen Sieg über Chloe English zu erringen, war viel mehr als ein Feuer nötig.

Als sie in die Stadt kam, hielt sie an, um die Adresse des Blackberry Inn zu finden. Es befand sich in der Copper Lane, doch sie wusste nicht so genau, wo das war. Als sie das Navigationssystem des Autos einschaltete, stellte sie fest, dass es einige Meilen außerhalb der Stadt lag, allerdings zum Glück nicht in der Richtung, aus der sie gerade gekommen war. Sie fuhr in die Richtung des Gasthauses und konnte es kaum erwarten, ein warmes Bad zu nehmen. Sie müffelte nach Rauch, und das war kein schöner Geruch, insbesondere dann nicht, wenn er einen daran erinnerte, dass man gerade den Großteil seines Besitzes verloren hatte. Wenigstens waren ihre Sommerkleider noch in Pittsburgh.

Zehn Minuten später fuhr sie an einem Schild mit der Aufschrift BLACKBERRY INN vorbei und bog in eine geschotterte Auffahrt ein. Ein großes Haus im Stil der 80er Jahre kam in Sicht. Nicht gerade die malerische Frühstückspension, die sie sich vorgestellt hatte. Darüber hinaus war es vollkommen dunkel, einmal abgesehen von den Außenlampen, welche die Einfahrt erhellten.

Sie parkte das Auto und griff nach ihrer Handtasche – denn das war das Einzige, was sie noch besaß, ehe sie dann ausstieg und zur Haustür ging. Sie klopfte leise, um keinen der Gäste zu wecken, denn es war bereits nach zwei Uhr morgens. Als niemand kam, klopfte sie fester. Immer noch nichts. Eine heimliche Suche nach einer Türklingel blieb erfolglos. Nach ein oder zwei weiteren Minuten des Klopfens und keiner Antwort holte Chloe ihr Telefon heraus und wählte die Nummer der Pension. Nach dreimaligem Klingeln meldete sich die Mailbox. Nein, sie wollte keine Nachricht über eine Reservierung hinterlassen. Sie wollte ihre Reservierung *einfordern*.

Sie war unschlüssig, was sie tun sollte, eine einfache Entscheidung zu treffen schien ihr zu diesem Zeitpunkt vollkommen unmöglich. An die Tür klopfen und so laut zu brüllen, um Tote zu wecken? Oder einfach woanders hingehen? Aber wohin? Vermutlich könnte sie in die nächste Stadt fahren – die Fahrt dauerte mindestens fünfundzwanzig Minuten – und versuchen, ob dort ein Hotelzimmer frei war. Nachdem sie eine weitere Minute gegrübelt hatte, kam sie zu dem Schluss, dass sie sich nicht dazu durchringen konnte, eine Szene zu machen. Die anderen Gäste hatten nicht verdient, um ihren Schlaf gebracht zu werden, weil der Inhaber des Etablissements sie vergessen hatte.

Als sie zum Auto zurückkehrte, hörte sie schließlich, wie sich die Tür öffnete. Erwartungsvoll schwang sie herum.

»Was ist denn los?«, fragte ein Mann mit schlaftrunkener Stimme.

Erleichtert, nun doch nicht gehen zu müssen, lenkte Chloe ihre Schritte zur Tür zurück. »Ich habe eine Reservierung.«

»Um zwei Uhr nachts?« Er klang ziemlich mürrisch, was Chloe ihm nicht verübeln konnte. Sie *hatte* ihn mitten in der Nacht geweckt. Aber schließlich hatte er *ein Geschäft* zu führen. »Ich habe keine Zimmer frei.«

»Wie bitte?« Chloe sparte sich die Mühe, ihre Frustration zu verbergen. »Ich habe heute Abend angerufen und mir wurde gesagt, dass Sie ein Zimmer haben. Ich habe Ihnen meine Kreditkartennummer gegeben.«

»Ich? Nein. Wir haben nur zwei Zimmer und die sind die ganze Woche ausgebucht. Sie müssen woanders angerufen haben.«

Oh, Gott! Was hatte sie getan? Sie war so bestürzt

gewesen. Durcheinander. Aber sie konnte sich nicht über-winden, bei Mrs. Boatwright zu bleiben. Lieber würde sie in ihrem Auto schlafen.

»Alles in Ordnung?«, fragte er und blickte auf ihr Gesicht.

Chloe wurde sich der Tränen bewusst, die ihr über die Wangen liefen. »Ja.« Warum sollte sie lügen? »Nein. Mein Haus ist gerade abgebrannt und ich weiß nicht, wo ich hin soll.« Nun drohten ihre Tränen, ernsthaft zu fließen, und auf keinen Fall wollte sie vor diesem Fremden zusammen-brechen. »Wissen Sie, wo ich hin könnte?«

Er öffnete die Tür ein Stück weiter. »Bleiben Sie ruhig hier. Ich habe wenigstens ein Sofa im Gemeinschaftsraum unten. Dort können Sie schlafen.« Mit einer Handbewe-gung bedeutete er ihr, hereinzukommen und trat zur Seite, als sie der Aufforderung nachkam.

»Danke.« Mit dem Handrücken trocknete sie sich die Wangen ab und schniefte.

Er durchquerte den Eingangsbereich, der nur durch das Außenlicht erhellt wurde, das durch ein Fenster über der Tür schien, und betrat einen ins Dunkel getauchten Wohn-bereich. Dort schaltete er eine Lampe neben einem großen Sofa ein, das bequem und einladend aussah. Endlich ließ die Anspannung in ihren Schultern nach.

Er deutete auf einen Beistelltisch. »Dort sind ein paar Taschentücher. Ich werde Ihnen ein Kissen und einige Decken bringen.«

»Ich kann Ihnen nicht genug für Ihre Gastfreundschaft danken. Ich habe keine Ahnung, wen ich vorhin angerufen habe, aber ich weiß es zu schätzen, dass Sie mir helfen.« Wie sie auch dem Feuerwehrmann dankbar war, der die Katze gerettet hatte.

»Hier in Ribbon Ridge kümmern wir uns umeinander.

Ich bin gleich wieder da.« Damit dreht er sich um und verschwand die Treppe hinauf in den beleuchteten Flur darüber.

Chloe putzte sich die Nase und dachte bei sich, dass ihre Lage weitaus schlimmer sein könnte. Bei dem Brand hatte sie nur Sachobjekte verloren. Sie waren ersetzbar und zum Großteil bedeutungslose. Zugegeben, ihre Kunstwerke, ihren Glückspinsel und ihre Lieblingsdecke, die sie während ihrer gesamten Collegezeit begleitet hatte, ließen sich freilich nicht ersetzen, aber sie konnte einen Neuanfang machen. War das nicht genau der Grund, aus dem sie überhaupt hierhergekommen war?

Ja, es könnte eine Katastrophe sein, aber auch ein echter Neuanfang. Und nach der Freundlichkeit, die Fremden hier in Ribbon Ridge entgegengebracht wurde, könnte es weitaus schlimmer sein.

Der Gastwirt kehrte zurück und gab ihr Bettzeug und ein Handtuch. Und ein langes geblümtes Nachthemd, das ganz danach aussah, als würde es Chloes Großmutter gehören. »Ich dachte, Sie brauchen vielleicht etwas zum Schlafen. Dort drüben befindet sich ein Badezimmer.« Er wies auf einen kurzen Flur neben der Treppe. »Es hat keine Dusche, aber Sie können sich am Waschbecken waschen. Im Schrank sind ein paar frische Zahnbürsten und so weiter. Meine Frau hält das Haus ziemlich gut auf Vordermann. Oh«, er zuckte leicht zusammen, »da wir gerade von meiner Frau sprechen, sie wird ziemlich früh anfangen, in der Küche herumzuklappern. Das tut mir wirklich leid.«

Chloe bezweifelte, dass sie überhaupt ein Auge zubekommen würde. »Das ist überhaupt kein Problem. Ich bin Ihnen einfach nur für Ihre Gastfreundschaft dankbar.«

Nachdem der Inhaber wieder nach oben gegangen war, zog Chloe ihren nassen Mantel aus, hängte ihn an einen

Haken im Eingangsbereich und begab sich dann direkt ins Bad. Nachdem sie sich die Haare im Waschbecken gewaschen und den Rauchgeruch so gut wie möglich beseitigt hatte, kehrte sie mit dem Nachthemd, für das sie sehr dankbar war, ins Wohnzimmer zurück. Dann richtete sie ihre Schlafstatt auf dem Sofa ein und ging zu »Bett«. Sie war darauf gefasst, bis zum Sonnenaufgang wach zu liegen, doch stattdessen fiel sie fast sofort in einen tiefen Schlaf.

Und sie träumte von einem winzigen grauen Kätzchen, das sich an einen spektakulär schönen Feuerwehrmann schmiegte, dessen Namen sie nicht einmal kannte.

Kapitel Zwei

Es war beinah sechs Uhr morgens, als Derek Sumner und der Rest der Feuerwehrmannschaft mit den Aufräumarbeiten beim Haus von Chloe English fertig war. Derek trat an den Wagen des Brandmeisters, in dem Ashley auf dem Vordersitz schlummerte. Noch immer war sie in Chloes Kapuzenpulli eingewickelt, aber auch in eines von Hanks Ersatzhemden, die er im Kofferraum des Geländewagens aufbewahrte. Alle Kollegen hatten abwechselnd nach dem Tier gesehen.

»Sumner!« Hank kam auf Derek zu. »Kann ich dich und die Katze zu Hause absetzen? Die anderen nehmen den Einsatzwagen.« Der Sondertransporter war schon Stunden zuvor abgefahren.

»Würde es dir etwas ausmachen, mich bei den Archers abzusetzen?« Der Weg war nur halb so weit wie zu Dereks Loft in der Stadt, und mit Freuden würde sich Emily Archer um Ashley kümmern, während Derek duschte und sich ein paar Stunden Schlaf gönnte.

»Ganz und gar nicht.«

Zehn Minuten später fuhr Hank die elend lange

Zufahrt hinauf, die zum Haus der Familie Archer führte, bei dem es sich um ein weitläufiges Herrenhaus in einem handwerklich kunstvollen Stil handelte. Etwa alle einhundert Schritte fand sich eine Laterne, welche die Auffahrt beleuchtete, und da es Weihnachtszeit war, strahlten die Glühbirnen abwechselnd in grün und rot. Obwohl noch finster, waren die Lichter am Haus schon vor Stunden erloschen. Wären sie noch an gewesen, hätte der Schein die Umgebung in helles Licht getaucht – es war zwar keine Griswold-Weihnacht, aber es war nahe dran. Robert und Emily Archer liebten die Weihnachtszeit. Noch nie hatte Derek jemanden kennengelernt, der sie mehr liebte, und nur ihnen hatte er es zu verdanken, dass diese Zeit des Jahres endlich wieder anfing, mehr als nur schmerzhafte Erinnerungen für ihn zu bedeuten.

Ungeduldig schüttelte er seine Gedanken an die Vergangenheit ab, als Hank in die bogenförmige Einfahrt fuhr und ihn dann am Fuß der Steintreppe absetzte. Derek hob Ashley auf den Arm, bedankte sich bei Hank fürs Herbringen und schleppte seinen erschöpften Körper zu der vorderen Terrasse mit dem massiven Eingang hinauf.

Dann schloss er die Tür auf und trat ein.

Mit einer Kaffeetasse in der Hand kam Robert Archer aus seinem Arbeitszimmer geeilt, das sich unmittelbar neben der Eingangshalle befand. Er war immer schon ein Frühaufsteher gewesen. Der hochgewachsene, schlanke Mann besaß dichtes graues Haar, das hier und da noch einige dunkelbraune Strähnen aufwies. Für seine sechzig Jahre war er erstaunlich durchtrainiert und robust, was angesichts seiner Leidenschaft für den Radsport nicht verwunderlich war. »Derek? Was führt dich zu dieser Stunde hierher?«

Dann fiel sein Blick auf Dereks Aufzug und er sagte: »Es hat tatsächlich gebrannt?«

Derek war einer von sechzehn Mitgliedern in der Mannschaft der freiwilligen Feuerwehr von Ribbon Ridge, und in den fünf Jahren, die er nun schon seinen Dienst dort verrichtete, hatten sie nie mehr als eine brennende Pfanne auf dem Herd oder ein außer Kontrolle geratenes Feuer im Garten zu löschen gehabt. »Ja, es war ein kleines Haus draußen in der McMurtry Lane.«

»Doch nicht das von Mrs. Boatwright?« Robert kannte jede einzelne Seele hier in Ribbon Ridge, und ganz gewiss kannte er jedes Grundstück. Denn mindestens sechzig Prozent gehörten ihm davon. Es war seine Familie gewesen, welche die Stadt vor über hundertfünfzig Jahren gegründet hatte.

Derek schüttelte den Kopf. »Das andere.«

Rob rümpfte die Nase, auf der seine Lesebrille saß. »Das Anwesen gehört Vic Enders.« Vic besaß eine Reihe von Immobilien in Ribbon Ridge und den Nachbarorten. Er war als Slumlord berüchtigt, und Rob machte sich einen Spaß daraus, ihm die Häuser wegzunehmen, ehe Vic sie ruinieren und die Mieter ausnutzen konnte.

Derek bedauerte, dass Chloe ihr Domizil von diesem Gauner gemietet hatte. Hoffentlich würde sie keine Probleme haben, mit diesem Schurken klarzukommen, zumal die von der Feuerwehr gefundenen Beweise ganz eindeutig ihm die Schuld an dem Brand zuschrieben. »Die Ursache war eine fehlerhafte Verkabelung in einer Wand. Es hat ganz den Anschein, als hätte er versucht, die Elektrik aufzurüsten, um den Vorschriften Genüge zu tun, doch dabei muss er wohl an allen Ecken und Enden gespart haben.«

Rob schüttelte den Kopf. »Was für eine Schande. Seine Mieter tun mir leid. Geht es ihnen gut?«

»Ich denke schon. In dem Haus wohnte nur eine alleinstehende Frau. Sie ist neu in der Stadt.«

Rob nickte zu dem Kätzchen in Dereks Armen. »Ist das ihre Katze?«

Derek streichelte über das weiche Fell des Tieres. »Gewissermaßen schon. Zumindest ist sie das jetzt.«

»Wer ist denn da?« Emily Archer trat in den Eingangsbereich. Sie war die Frau, die Derek als seine zweite Mutter ansah und die er ebenso sehr liebte wie seine erste. »Derek! Was stehst du da in deinem Aufzug? Du siehst ganz erledigt aus. Und was ist das, ein Kätzchen?« Den Bademantel fest um ihren zierlichen Körper geschlungen stürmte sie auf ihn zu. Ehe Derek auch nur protestieren konnte, hatte sie ihm Ashley aus den Armen gerissen, nicht dass er mit einer anderen Reaktion gerechnet hätte. Emilys Herz war eine Naturgewalt.

»Ja, wir haben den Verdacht, dass sie etwas mit den Augen hat. Heute Morgen will ich sie gleich zu Sam bringen.«

»Ich kümmere mich darum, mein Lieber.« Emily koste die Katze liebevoll, während sie zu Derek aufsah. »Du siehst todmüde aus. Warum gehst du nicht nach Hause?«

»Eigentlich hat mich Hank hier abgesetzt, damit ich vor der Arbeit noch duschen und ein Nickerchen machen kann.«

»Arbeit?« Rob schüttelte den Kopf. »Warum solltest du heute zur Arbeit gehen? Vergiss es.«

Derek war der Finanzleiter der Archer Enterprises, und wenn der Firmenboss ihm also sagte, er solle nicht zur Arbeit gehen, wer war er dann, ihm zu widersprechen?

»Einverstanden. Aber heute Nachmittag helfe ich in der Kneipe mit. Mike ist allein und somit unterbesetzt.«

»Das ist so lieb von dir.« Emily lächelte ihn warmherzig an. »Du hast so ein großzügiges Herz. Aber jetzt geh erst mal unter die Dusche. Ich passe auf deine Katze auf.«

»Es ist nicht meine Katze, sondern Chloes.«

Emily warf einen fragenden Blick zu Rob, als ob er ihr eine Antwort geben könnte. »Wer ist Chloe?«

Rob zuckte mit den Schultern. »Nach meinem Verständnis ist sie die Mieterin des Hauses, das heute Nacht abgebrannt ist.«

»Oh!« Entsetzt verzog Emily den Mund. »Das ist ja schrecklich! Ich hätte wissen sollen, dass es wirklich gebrannt hat. Ihr würdet doch nicht mitten in der Nacht eine Übung durchführen. Wie bist du an Chloes Katze gekommen?«

»Chloe übernachtet heute im Blackberry Inn. Sie ist neu in der Stadt und hat hier keine Familie oder Freunde.« Es tat ihm leid um ihren Verlust. »Ich habe angeboten, mich um Ashley zu kümmern.«

Rob hustete, um ein Lachen zu unterdrücken. »Der Name der Katze ist *Ashley*?«

Derek lächelte. Es war natürlich schwierig zu sagen, doch er hatte den Verdacht, dass Chloe großen Sinn für Humor besaß. Warum sollte sie das Kätzchen sonst Ashley nennen? »Es schien angemessen, da ich es vor einem brennenden Haus entdeckt hatte. Und sie ist grau.«

»Das ist sie«, murmelte Emily. »Nun, ich werde mich um Miss Ashley kümmern.«

Auf dem Weg zum Haus war Derek etwas eingefallen, und jetzt schien ihm der richtige Zeitpunkt zu sein, um seine Frage zu stellen. »Apropos Chloe, meint ihr, sie könnte in der Wohnung über der Garage wohnen, bis sie eine neue Bleibe gefunden hat?«

»Aber natürlich!«, gab Emily prompt zurück, ehe sie dann tief Luft holte. »Aber wir haben am fünfzehnten Gäste.«

Dereks Gehirn war für einen Moment wie erstarrt. Der fünfzehnte Dezember war für ihn der schlimmste Tag im Kalender.

»Leider muss sie bis dahin wieder ausgezogen sein«, fuhr Emily mit Bedauern in der Stimme fort. »Es sei denn, sie nimmt mit einem der Kinderzimmer vorlieb.« Im Haus der Archers gab es neun Schlafzimmer – eines für Rob und Emily und jeweils eines für ihre Kinder, was auch Derek einschloss. »Ich bin sicher, dass mindestens eines davon frei sein wird. Es ist ja nicht so, dass alle Kinder über die Feiertage nach Hause kommen. Außer für die Weihnachtsfeier natürlich, und die ist am Samstag.« Die Weihnachtsfeier der Firma bildete das einzige Ereignis im Jahr, an dem alle sieben Kinder – und auch Derek – am selben Ort zusammenkamen, und dieser Umstand war für Emily immer wieder enttäuschend.

»Es gibt noch eine andere Möglichkeit«, meinte Rob bedächtig und richtete seinen grauen Blick auf Derek. »Hast du dich entschieden, ob du dein Haus veräußern willst?«

Lieber Himmel, nun waren der Fünfzehnte *und* sein Haus im selben Gespräch? Er versuchte, beide Dinge zu ignorieren. Und das gelang ihm leider nicht. Seit dem Tod seiner Mutter vor zehn Jahren lebte er nicht mehr in dem Haus, aber er hatte es auch nicht verkaufen können, denn damit würde er die letzte Verbindung zu seiner Kindheit kappen. Robs Hausverwaltungsfirma vermietete es, und meistens machte Derek einen großen Bogen um das Grundstück. Im Augenblick stand es allerdings leer. Letzte Woche erst hatte Rob ihn gefragt, ob er sich endlich entschlossen hätte, es zu veräußern.

»Noch nicht.« Derek wusste jedoch, dass die Antwort eigentlich nein lauten musste. Er war einfach zu erledigt, um sich im Augenblick mit diesem Gedanken zu befassen.

»Dann vermiete es doch an diese Chloe«, schlug Emily vor und kuschelte das Kätzchen an ihre Brust. »Die letzten Mieter hatten ihre eigenen Möbel, aber wir können sie aus dem Lager der Hausverwaltungsgesellschaft neu einrichten.«

Rob trank einen Schluck Kaffee. »Daran habe ich auch schon gedacht. Diese Woche stehen meines Erachtens nach die Maler und Teppichreiniger auf dem Programm, also müssen wir uns erkundigen, ab wann es verfügbar ist.«

Er könnte Chloe das Haus vermieten, dachte Derek, doch aus irgendeinem Grund zauderte er. Aber warum? Weil er irgendwie die Hoffnung gehegt hatte, gesellschaftlichen Umgang mit ihr zu pflegen, und ob er das in seinem alten Haus tun wollte, dessen war er sich keineswegs sicher. Also dachte er allen Ernstes daran, ihr eine perfekte Unterkunft vorzuenthalten, weil er sie um eine Verabredung bitten wollte?

War das nicht sehr egoistisch?

»Ich werde mit ihr darüber reden.« Und schon keimte die Hoffnung in ihm auf, dass sie vielleicht ablehnen würde.

»Ausgezeichnet.« Emily nahm das Kätzchen hoch und blickte ihm ins Gesicht. »Du süßes kleines Ding. Komm, wir besorgen dir etwas zu essen. Ich glaube, ich habe noch etwas Hühnerleber im Kühlschrank. Und vielleicht ein bisschen Milch?« Sie schaute an Ashley vorbei zu Derek. »Kann ich dir etwas bringen, Schatz?«

»Nein, danke. Ich gehe mich nur kurz frisch machen.« Er nickte Rob zu und als er an Emily vorbeiging hielt er an, um sie auf die Wange zu küssen und Ashley kurz zu tätscheln.

»Lass deine Sachen vor deinem Zimmer, und ich stecke sie in die Waschmaschine, während du schläfst«, rief Emily ihm nach und entlockte ihm mit ihrer willkommenen Bemutterung ein Lächeln.

Derek ging vom Eingang durch die ovale Halle und atmete den Tannenduft des zwei Meter hohen Weihnachtsbaums ein, der aus einer Ecke des großen Raums auf der gegenüberliegenden Seite der Halle lugte. Mitten in diesem Oval stand ein nicht gerade lebensgroßer Schlitten. Im Augenblick war er leer, aber bei der Feier an diesem Wochenende würden die Gäste ihn mit Geschenken für unterprivilegierte Kinder füllen. Wie so vieles im Leben der Archers war dies eine althergebrachte Tradition, und Derek liebte sie.

Als er den Nordflügel durchquerte und dann die Treppe hinabging, erstaunte es ihn, wie sehr sich dieses Haus wie ein Zuhause anfühlte. Ganz im Gegensatz zu dem Haus, das er acht Jahre lang mit seiner Mutter bewohnt hatte. Allerdings war diese Zeit seines Lebens mit viel zu vielen unangenehmen Erinnerungen verbunden. Nie waren sie beide über den Tod seines Vaters hinweggekommen, und dann war seine Mutter krank geworden. Warum um alles in der Welt verkaufte er das Haus nicht?

Weil das Haus alles war, was ihm noch von ihr geblieben war. Und von der Zeit, als er noch eine Familie gehabt hatte. Nicht, dass er jetzt keine Familie hätte, denn er hatte die Archers, einen Cousin seines Vaters, der in Boston lebte, und den er einmal getroffen hatte. Dann gab es noch den Vater seiner Mutter, der in Hongkong lebte und der Derek nicht mehr gesehen hatte, seit er ein Baby war – doch das war nicht dasselbe.

Unten angekommen ging er auf direktem Wege in sein Badezimmer, zog seine rauchgeschwängerte Kleidung aus und warf sie vor die Tür, damit Emily sie waschen konnte. Obwohl er noch ein paar Sachen in seinem Zimmer aufbewahrte, bezweifelte er, dass sich ein Pyjama darunter befand. Das war allerdings auch einerlei. Vielleicht würde er einfach unter der Dusche einschlafen.

Als er sich kurze Zeit später ins Bett legte, hatte er Chloes kräftiges, aber feminines, herzförmiges Gesicht vor Augen, das von dunkelblondem Haar umrahmt war, während sie ihn aus ihren haselnussbraunen Augen mit solch einer tiefen Entschlossenheit ansah, dass er lächeln musste. Mit bewundernswerter Haltung und Tapferkeit hatte sie die Tragödie des Brandes bewältigt. Keine Hysterie. Kein Zusammenbruch. Er hoffte aufrichtig, dass mit ihr alles in Ordnung war. Vielleicht hätte er darauf bestehen sollen, dass sie mit ihm hierherkam, anstatt ins Blackberry Inn zu gehen. Emily hätte sie willkommen geheißen und sich ihrer ebenso angenommen, wie sie es mit Ashley getan hatte.

Allerdings wäre das furchtbar dreist gewesen. Es war schon ein wenig peinlich ihr eine Unterkunft anzubieten. Könnte er sie tatsächlich einladen, in seinem Haus zu wohnen?

Sein Magen zog sich zu einem Knoten zusammen und kalter Schweiß rann ihm über die Stirn. Daraufhin drehte er sich auf die Seite und schlug auf das Kissen ein, um die Federn aufzulockern. Seit Jahren versuchten Rob und Emily nun schon, ihn davon zu überzeugen, nach vorn zu schauen. Vielleicht war es jetzt endlich an der Zeit.

Und im Grunde genommen kam es auch gar nicht so

genau darauf an. Chloe war nichts weiter als eine Frau, welcher er bei einem Brand behilflich gewesen war. Sie war nicht seine feste Freundin, und nicht einmal überhaupt eine Freundin. Nachdem er ihre Katze zurückgebracht hatte, würde er sie wahrscheinlich nie wieder sehen, oder sich über ein gelegentliches Kopfnicken hinaus mit ihr austauschen, wenn sie sich auf der Straße begegneten.

Dieser Gedanke trug nicht im Geringsten dazu bei, dass er sich besser fühlte.

Gut vier Stunden hatte Chloe im Blackberry Inn geschlafen und nun war sie so erfrischt aufgewacht, wie man sich nur fühlen konnte, wenn man gerade sein Heim durch ein Feuer verloren hat. Bis sie ihren Vermieter in Mexiko angerufen hatte, um ihre Kaution, und die im Voraus gezahlte Miete für den letzten Monat und den Rest der Miete für diesen Monat einzufordern. Er konnte schlecht ihr Geld behalten, wenn das Feuer ganz allein sein Verschulden war? Zu ihrem eigenen Erstaunen war er tatsächlich ans Telefon gegangen, doch er hatte sie vertröstet und ihr erklärt, dass sie die Sache klären würden, sobald er im Januar zurückkehrte, nachdem er Gelegenheit gehabt hätte, die Geschehnisse zu überprüfen. Sie hatte ihm entgegnet, ihm kein Wort zu glauben, und dass die Sache für sie so nicht funktionieren würde. Sie würde sehen, was ein Anwalt zu sagen hätte. Vic hatte einen überstürzten Rückzieher gemacht und ihr ausgerichtet, dass sein Buchhalter sich bald bei ihr melden würde. Ha! Chloe gehörte nicht zu der Art von Personen, die kleinlaut dasitzen und sich ausnutzen ließen.

Anschließend hatte sie ihre Versicherung angerufen

und den Schaden gemeldet. Diese Schritte in die Wege geleitet zu haben, hatte ihr ein bisschen Genugtuung verschafft. Dann hatte sie die Frühstückspension ausfindig gemacht, die sie am Vorabend angerufen hatte – es war das Blackbird gewesen und nicht das Blackberry. Sie hatte erklärt, was geschehen war und gnädigerweise hatte man ihr angeboten, darauf zu verzichten, die letzte Nacht in Rechnung zu stellen. Für heute Abend war dort zwar ein Zimmer für sie reserviert, aber für das Wochenende war das Blackbird bereits ausgebucht, und so sah Chloe sich genötigt, rasch etwas anderes zu finden. Außerdem musste sie noch von dem Feuerwehrmann Nachricht bekommen, nach dessen Namen sie in der Aufregung der vergangenen Nacht gar nicht gefragt hatte, und ihr Kätzchen wiederfinden. Sie fragte sich, wie es Ashley wohl ging und ob sie beim Tierarzt gewesen war.

Doch zuerst musste sie ihre Arbeit im Arch and Vine Pub antreten.

Sie betrat den Pub um viertel nach elf, in genau denselben Kleidern wie gestern, die immer noch leicht nach Rauch rochen, obwohl sie sie mehrere Male mit Febreze aus dem Badezimmer des Blackberry Inn eingesprüht hatte. Sie blieb kurz stehen, als der Feuerwehrmann von gestern Abend auf sie zukam.

Sie glaubte zumindest, dass das der Kerl von gestern Abend sein musste. Er war vollkommen anders gekleidet: mit einem schwarzen T-Shirt mit V-Ausschnitt, das perfekt zu seinem muskulösen Körper passte, einer Jeans mit dunkler Waschung und abgewetzten Lederstiefeln. Sie hatte seine Haarfarbe nicht erkennen können, weil er seinen Feuerwehrhelm getragen hatte, aber jetzt sah sie, dass es genauso dunkel wie sein T-Shirt war. Und auch seine Augen waren – gestern Abend hatte sie die Farbe nicht erkennen können –, Himmel, wie schön diese Augen waren. Es war ein tiefes, dunkles Blau, wie Cerulean, das mit Mitternachtsblau gemischt wurde. Wären ihre Malutensilien nicht verbrannt, wäre sie nach Hause gegangen und hätte versucht, diese Farbe nachzumischen.

»Chloe«, brachte er hervor und schien genauso überrascht, sie zu sehen, wie sie sich fühlte, als sie ihn erkannt hatte.

»Ähm, hallo«, entgegnete sie nur, denn sie wusste ja seinen Namen nicht.

Als hätte er ihre Gedanken gelesen, sagte er: »Ach du lieber Himmel. Gestern Abend habe ich mich gar nicht vorgestellt, nicht wahr? Ich bin Derek. Sumner.« Er streckte ihr seine Hand entgegen und sie legte ihre Handfläche an seine. Wie ein Schock schoss die Hitze ihren Arm hinauf und breitete sich in ihrer Brust aus.

Dann zog sie ihre Hand zurück, ehe sie sich noch offiziell in Verlegenheit bringen würde. »Wie geht es Ashley?«, brachte sie so gerade hervor, während sie versuchte den Empfindungen keinerlei Beachtung zu schenken, die das Schütteln seiner Hand ausgelöst hatte.

Er stützte die Hände auf seine Taille und hob so die schlanke Form seiner Hüften hervor. Ob ihre Berührung einen Einfluss auf ihn gehabt hatte, konnte sie nicht sagen. »Um genau zu sein hat Emily – sie ist, äh, eine gute Freundin – vor kurzem angerufen und gesagt, dass es Ashley gut geht. Sie hatte eine Virusinfektion in ihren Augen. Nach einer Behandlung mit antibiotischen Augentropfen wird sie so gut sehen können wie Sie und ich. Oder besser, nehme ich an. Katzen sehen besser als Menschen, nicht wahr?«

»Zumindest im Dunkeln.« Chloes Gedanken verharrten einen Moment lang bei dieser Emily. Aus irgendeinem Grund stach die Beschreibung von ihr hervor. War sie nur eine Freundin oder eine feste Freundin? Ach, warum spielte das überhaupt eine Rolle? Sie war wirklich nicht in der Lage, mit einem heißen Feuerwehrmann zu flirten oder mit ihm auszugehen.

Sie bemerkte die kurze, cremefarbene Schürze, die er um die Hüften gebunden hatte. »Moment, arbeiten Sie hier?«

Er zuckte mit der Schulter. »Gelegentlich. Ich hatte versprochen, heute auszuhelfen, weil Mike unterbesetzt ist. Aber er hat eine Nachricht hinterlassen, dass er eine neue Kellnerin eingestellt hat. Sind Sie das?«

»So ist es.«

»Das ist großartig«, meinte er lächelnd, doch dann runzelte er rasch die Stirn. »Nein. Sie sollten heute nicht arbeiten. Wir kriegen das schon hin. Sie sollten nach H... ähm...«

Er verstummte, als ihm aufging, was er hatte sagen wollen. Sie war selbst von ihrem Lächeln überrascht. »Nach Hause? Ja, genau. Ich wünschte, ich hätte eines.«

»Da kann ich Ihnen, zumindest vorübergehend, helfen, wenn Sie Interesse haben.«

Sofort dachte sie, dass sie bei ihm bleiben würde. Auf seinem Sofa. Oder wo auch immer. *Reiß dich sich zusammen, Chloe!* »Was stellen Sie sich vor?« Sie hatte ihre Worte nicht kokett klingen lassen wollen, aber das taten sie wohl, dachte sie. Ups.

»Meine Freundin Emily hat eine möblierte Wohnung über ihrer Garage. Dort können Sie bis zum fünfzehnten des Monats bleiben. Vielleicht finden Sie bis dahin eine andere Bleibe?«

»Vielleicht.« Das bezweifelte sie allerdings. Es waren nur noch zehn Tage bis dahin, und vor ihrem Umzug hatte sie eine gründliche Suche nach Mietobjekten in der Gegend vorgenommen. Die günstigsten Mieten waren in Ribbon Ridge, im Gegensatz zu den größeren Städten in der Umgebung, zu finden, und die mit Abstand günstigste Immobilie war das kleine Haus gewesen, das nun bis auf die Grundmauern abgebrannt war. In Anbetracht dessen, was sie inzwischen über den Zustand der Leitungen und des Verhaltens ihres Vermieters wusste, konnte sie verstehen, warum das Haus so günstig gewesen war. »In der Zwischenzeit würde ich gerne auf das Angebot Ihrer ... Freundin zurückgreifen.«

»Großartig. Sie können heute einziehen, wenn Sie wollen. Obwohl ... Sie haben ja nichts, womit Sie wirklich einziehen können, nehme ich an.« Zwischen halb geschlossenen Lidern schaute er sie an und machte dabei einen verlegenen Eindruck. »Es tut mir leid.«

Das ganze Gerede über ihr Zuhause und die Erinnerung daran, dass sie nichts besaß – von einer Zahnbürste und anderen notwendigen Dingen einmal abgesehen, die sie an diesem Morgen besorgt hatte –, drohte, ihren Optimismus zu zerstören, den sie unbedingt bewahren musste. Sie schaute sich um. »Also, wo soll ich anfangen?«

»Sie können heute doch heute nicht arbeiten«, meinte er und schaute sie dabei an, als wäre ihr ein zweiter Kopf gewachsen.

»Das möchte ich wirklich. Das wird mich ablenken. Ich habe alles erledigt, was ich tun konnte. Außerdem brauche ich das Geld dringender denn je. Lassen Sic mich einfach im Blackbird anrufen und meinen Aufenthalt dort stornieren.«

»Das Blackbird? Ich dachte, Sie wären im Blackberry.« Auf eine hinreißende verdutzte Weise, legte er die Stirn in Falten.

»Das ist eine lustige Geschichte.« Sie erzählte ihm von ihrem Irrtum bei der Reservierung. Er lachte, und schon wieder war sie über sich selbst überrascht, dass sie mit ihm lachte. Dann bot er ihr eines der Archer Pubs-T-Shirts an, die für Will Scarlett, ihr Himbeerbier, warben, das sie anstelle ihres verräucherten Oberteils tragen sollte. Sie kehrte in den Pausenraum zurück, wo sie ihre Handtasche in einem Spind verstaute, ihren Mantel aufhängte und eines der T-Shirts fand, das sie anzog.

Bei ihrer Rückkehr in den Schankraum erkannte sie, dass die ersten Gäste des Tages, zwei Männer mittleren Alters, unter dem Wandgemälde saßen, das sie am Abend zuvor bewundert hatte. Es war so gemalt worden, dass es wie Fenster aussah, die auf eine mittelalterliche englische Straße hinausgingen. Die Einzelheiten waren erstaunlich und unglaublich naturgetreu dargestellt. Für einen Moment hielt sie inne, um es zu betrachten, und sie hoffte, auch nur ein Zehntel dieses Talents zu besitzen.

»Gefällt Ihnen das Wandgemälde?«, fragte Derek, als Chloe sich ihm an der Bar näherte, die sich in der Mitte des Pubs befand.

»Es ist wunderschön.« Sie hatte das Trompe-l'oeil studiert – so gut ihr das von der Bar möglich gewesen war –, während sie gestern Abend, nachdem Mike sie eingestellt hatte, von dem Bier kostete.

»Robs Onkel hat es gemalt.«

Chloe lenkte ihre Aufmerksamkeit von dem Gemälde ab. »Rob?«

»Archer. Ihm gehören die Kneipen. Und er ist Ihr vorübergehender neuer Hauswirt.« Derek zapfte ein Glas vom Bier der Saison aus einem der zehn Hähne. »Er und seine Frau, Emily.«

Oh. Emily war wirklich nur eine Freundin. Oder eine

Arbeitgeberin, die eine Freundin war? »Und sie kümmert sich um Ashley?«

Derek zapfte ein zweites Glas. »Ja, sie ist großartig. Sie wird Sie auch bemuttern, wenn Sie sie lassen.«

»Sollte ich?«

Er grinste sie an. »Ganz bestimmt. Bin gleich wieder zurück.« Er machte sich auf den Weg, um den beiden Männern ihr Bier zu bringen.

In diesem Moment öffnete sich die Tür des Pubs und ein etwa fünfzigjähriger Mann mit Brille und grauem Haar kam herein. Er marschierte direkt auf die Theke zu und blieb kurz stehen, als er Chloe dahinter stehen sah. »Was machen Sie hinter meiner Theke?«

»George, das ist nicht deine Theke«, erwiderte Derek, aber in seinen Worten lag keinerlei Ärger. »Das ist unsere neue Bedienung, Chloe. Chloe, das ist George, unser Barkeeper für tagsüber. Er ist ein bisschen ein AK – ein alter Knacker –, den muss man nicht allzu ernst nehmen.«

»Erweise mir etwas Respekt, junger Mann. Ich war Offizier im United States Marine Corps!« Er drängte sich an Derek vorbei und marschierte zu einer Ecke der Bar, wo er eine Schürze hervorholte, die er sich um die Taille band. »Wo ist Ihre Schürze, Chloe? Hat Derek Ihnen denn gar nichts gezeigt?«

Derek verdrehte die Augen, aber das Lächeln auf seinen Lippen verriet, dass es sich um ein freundschaftliches Geplänkel zwischen zwei Männern handelte, die wahrscheinlich schon viel Zeit miteinander verbracht hatten. »Sie ist gerade erst gekommen, und wir haben Kundschaft. Ich wollte ihr gerade von dem Bier erzählen.«

»Ein Glück, dass ich aufgetaucht bin.« Georges braune Augen funkelten hinter einer Drahtbrille. »Keiner zapft ein perfekteres Bier als ich. Ich zeige es Ihnen.«

Die nächsten zehn Minuten verbrachte George damit, ihr alle Sorten zu erklären und ihr zu zeigen, wie man ein Bier mit einer perfekten Schaumkrone zapft. Er war in seine Anleitung so vertieft und seine Ausführungen waren so einnehmend, dass Chloe sich nicht dazu durchringen konnte, ihm zu sagen, dass sie all dies bereits am Vortag von Mike, dem Manager der Kneipe, gelernt hatte.

»Haben Sie denn schon ein Bier getrunken?«, fragte George.

»Ich habe sie alle probiert.« Sie hatte von allem ein oder zwei Schlucke probiert, von einigen vielleicht ein bisschen mehr.

George lehnte sich gegen die Bar. »Welches ist Ihr Favorit?«

»Ich mag das Nock.« Das Bier der Wintersaison war ein dunkles Stout mit einem weichen, schokoladigen Abgang.

»Gute Wahl. Derek sie ist ein Crossbow durch und durch.«

Chloe hatte erfahren, dass Crossbow ihr Markenbier war. »Das mochte ich auch, aber ich bin ein Mädchen, das auf Bier steht und mag sie alle. Das ist sogar einer der Gründe, für meinen Umzug nach Oregon. All diese tollen Kleinbrauereien.« Sie lenkte den Blick auf Derek.

Der formte die Lippen zu einem schmelzenden Grinsen. »Und unsere ist die beste.«

»Bis jetzt, ja.« Und als sie sein filmreifes Aussehen in ihrem Bewusstsein aufnahm, wurde ihr klar, dass sie nicht nur über das Bier sprach. Sie hoffte nur, dass ihm das nicht auch klar war. Am allerwenigsten konnte sie jetzt noch einen Flirt am Arbeitsplatz gebrauchen. Diese Stelle war für sie wichtiger denn je.

Der Tag verging wie im Flug, während Chloe sich alle Mühe gab, auf Zack zu bleiben. Sie freute sich über die geschäftige Atmosphäre in der Kneipe, und die Gespräche mit den Gästen lenkten sie beinahe vollkommen von ihren Sorgen ab. Als sie Feierabend machte, war sie zu müde, um sich darüber Gedanken zu machen, dass sie keinen Pyjama für die Nacht hatte. Aber vielleicht könnte sie ja noch ein weiteres T-Shirt aus dem Bestand der Kneipe mitnehmen.

Derek kam auf sie zu, während sie einen der Tische abwischte. »Sie sollten gehen. Hier.« Er gab ihr einen Zettel, »das ist der Weg zu den Archers.«

Mist, sie hatte ganz vergessen, im Blackbird anzurufen und ihre Reservierung zu stornieren, und sie fühlte sich gar nicht wohl, dies so spät am Tag noch zu tun – es war schon nach sieben Uhr. »Wissen Sie, ich glaube, ich werde heute Nacht im B & B bleiben. Ich bin erschöpft, es ist nicht weit. Eine Win-Win-Situation.«

»Ich könnte Sie zu den Archers fahren«, bot er ihr an, »aber ich kann noch nicht gehen.«

»Ist schon in Ordnung.« Sie lächelte ihn beruhigend an, während sie die Notiz in ihre Tasche steckte. »Sie haben schon so viel getan. Aber ich *werde* mir noch ein T-Shirt mitnehmen. Ich brauche einen Pyjama.«

Sein Blick glitt blitzschnell an ihrem Körper hinunter, doch er entging ihr nicht. Hitze flammte in Chloes Bauch auf. Mit dieser Bemerkung hatte sie nun Gelegenheit für jede Menge kitschiger Anmachsprüche geschaffen. Seltsamerweise wollte sie jeden einzelnen davon von Derek Sumners Lippen hören.

»Nehmen Sie sich, was Sie brauchen.« *So ein Gentleman.* Jetzt mochte Chloe ihn sogar noch mehr. »Mike wird nichts einzuwenden haben. Und Emily hat mir vor einer Weile geschrieben, dass es Ashley gut geht, also müssen Sie sich keine Sorgen um sie machen. An Ihrer Stelle würde ich mir die Katze allerdings schnappen, bevor Sie sie aus

Emilys mütterlichem Griff nicht mehr loseisen können. Und zwar nicht, weil Emily sie nicht gehen lassen will, sondern weil Ashley nicht gehen will.«

Emily klang entzückend. Chloe konnte kaum glauben, dass sie sich um ein krankes, streunendes Kätzchen kümmerte, für eine Frau, die sie noch nie getroffen hatte, und sie Chloe obendrein noch anbot, in ihrer Wohnung unterzukommen. All diese Menschen in Ribbon Ridge waren so wunderbar gewesen, außer ihrem Vermieter, aber dann fiel ihr ein, dass er ja gar nicht in Ribbon Ridge wohnte. Ihm und dem Feuer zum Trotz konnte sie es einfach nicht bereuen, hierher gezogen zu sein.

»Ich werde morgen früh als Erstes dorthin gehen.« Gleich nachdem sie sich ausgeschlafen hatte. Gott, sie hoffte, dass sie gut schlafen würde.

»Wie wäre es, wenn ich Sie dort treffe? Ich mache Sie mit Robert und Emily bekannt und helfe Ihnen, sich einzuleben.«

Da sie kein »Einleben« irgendwelcher Art benötigte, wunderte sie sich über seine Beweggründe. Dann entschied sie, dass es einerlei war und sie jede Ausrede nutzen würde, um mit ihm, ihrem ersten echten Freund in Ribbon Ridge, zusammen zu sein.

»Gewiss.«

Er lächelte. »Sind Sie Kaffee- oder Teetrinker?«

»Beides, wirklich. Aber ich liebe die Chais aus dem Drive-In-Kaffee drüben an der Acorn.«

Er nickte mit einem wissenden Lächeln. »Beaker's ist jedermanns Lieblingscafé. Sehen Sie. Sie sind schon eine echte Ribbon Ridger.«

Ribbon Ridger. Das bezweifelte sie, doch in diesem Moment beschloss sie, dass sie das gern wäre. »Danke, Derek. Für alles.« Sie drehte sich um und machte sich auf den Weg zum Pausenraum, ehe sie noch irgendetwas sagen oder tun konnte, dass ihr Interesse an ihm verriet. Es gab ein Dutzend Gründe, die dafürsprachen, die Sache platonisch zu halten, aber nachdem sie den ganzen Tag mit ihm verbracht hatte, begann sie sich zu fragen, ob auch nur ein einziger darunter wirklich von Belang war.

Gerade konnte sie noch die Stimme ihrer Mutter hören: »Du gehst mit einem Kellner einer Kneipe aus?«

»Eigentlich ist er ein Feuerwehrmann, Mom. *Und* ein Kellner.«

»Was?! Habe ich dir nicht immer gesagt, dass du nie einen Mann heiraten sollst, der irgendeine Art von Uniform trägt? Die werden dir immer das Herz brechen.«

O ja, und stattdessen einen statusbesessenen Workaholic zu heiraten, wäre genau richtig gewesen.

Als sie ihren Mantel anzog, überlegte sie, ihre Eltern anzurufen und ihnen von dem Brand zu erzählen, was diese allerdings als Beweis dafür auslegen würden, dass sie sofort nach Pittsburgh zurückzukommen hatte. Sie hatten es gehasst, dass sie hierhergezogen war. Nein, gehasst war nicht das richtige Wort. Sie hatten es gehasst, dass sie mit Ed Schluss gemacht hatte, Monate nachdem ihre »Save the date«-Karten verschickt worden waren. Sie *verachteten* die Tatsache, dass sie weggezogen war. Um *Kunstlehrerin* zu werden.

Sie hätte genauso gut auf einen Zug aufspringen und beschließen können, Landstreicherin zu werden.

Trotz allem lächelte Chloe, schnappte sich ein Crossbow-T-Shirt (und versuchte, nicht zu analysieren, ob sie genau dieses Shirt genommen hatte, weil es Dereks Lieblingsbier war) und ging durch die Hintertür. Erstaunlicherweise sah die Welt jetzt nicht mehr so düster aus wie am Morgen. Und das hatte sie Derek Sumner zu verdanken.

Kapitel Drei

Chloe fuhr vor dem Haus der Archers vor und strengte sich an, nicht zu staunen. Sie war in einer großbürgerlichen Familie aufgewachsen und hatte viel Zeit in schönen, museumsreifen Häusern verbracht, aber keines darunter kam an dieses heran. Es war eindeutig ein Herrenhaus, mit einem hohen steinernen Torbogen über der Eingangstür und einem Dutzend verglaster Fenster, die über die weite Fläche der Vorderseite des Hauses glänzten, aber es hatte etwas Heimeliges an sich, das es sehr einladend und nicht imposant machte.

Die Auffahrt führte zu einem Wendeplatz mit einem Wasserspiel in der Mitte. Es war wie ein natürlicher Wasserfall gebaut und von Bäumen und immergrünen Sträuchern umgeben. Dereks Wegbeschreibung besagte, dass sie am Wasserfall vorbeifahren und durch eine Torein-fahrt nach rechts in einen Innenhof einbiegen sollte. Vor ihr befand sich eine riesige Garage mit sechs Stellplätzen und einem hohen, gewölbten Tor am rechten Ende. Sie sah einen schwarzen Geländewagen, der vor einer der Buchten geparkt war, und fragte sich, ob er Derek gehörte.

Als sie ihren Wagen vor der bogenförmigen Tür zum Stehen brachte, sprang Derek aus dem Geländewagen und kam auf sie zu. Er beeilte sich, ihr die Tür zu öffnen, aber Chloe hatte nur Augen für ihr, wenn auch nur vorübergehendes, Zuhause. Es war nicht nur eine langweilige Garage. Nein, das Gebäude, in dem die Autos untergebracht waren, sah aus wie ein richtiges Haus mit Steinmauerwerk, Fenstern an der Vorderseite und einem hohen, gewölbten Dach.

Schließlich blickte sie zu Derek auf – und er war gut zehn Zentimeter größer als sie selbst mit einem Meter siebzig. »Sie haben mir nicht gesagt, dass dies ein palastartiges Anwesen ist. Das ist atemberaubend.«

»Die Archers machen keine halben Sachen«, meinte er grinsend. »Kommen Sie, ich führe Sie nach oben.«

Chloe schnappte sich ihre Handtasche und die kleine Tasche mit den Toilettenartikeln, die sie gestern erstanden hatte, und stieg aus dem Auto. Er schloss die Tür hinter ihr und führte sie zu dem bogenförmigen Eingang.

»Rob meinte, Sie können in der Garage parken, die am nächsten zu Ihrer Tür liegt. Die Fernbedienung ist oben.« Er öffnete ihr die Tür, und sie folgte ihm in einen schmalen Eingangsbereich. Rechterhand befand sich ein kleines, quadratisches Fenster etwa auf Kopfhöhe, das natürliches Licht einließ.

Licht aus eingebauten Deckenlampen erhellte das Treppenhaus vor ihnen. »Nach Ihnen«, sagte er.

Chloe stieg die Treppe hinauf und betrat ihre neue Bleibe. Es war nur eine Treppe, deren Wände aber in einem warmen, beruhigenden Karamellton gestrichen waren, und sie fühlte sich bereits wie zu Hause. Am oberen Ende der Treppe befand sich ein kleiner Absatz und eine weitere Tür. Diese stand einen Spalt breit offen, also schob sie sie ganz auf. Ein Glücksgefühl durchflutete sie, als sie den Raum erblickte. Eine kleine Küche aus Granit und dunklem Holz erstreckte sich über die linke Wand, mit einer schmalen Speisekammer am Ende. Eine Küchentheke mit zwei Hockern trennte die Küche vom Wohnbereich. Als sie den Raum betrat, wollte sie sich sofort auf dem schokofarbenen, opulent gepolsterten Sofa oder einem der gemütlichen, buttergelben Sessel niederlassen. Sie merkte, dass sie bei jeder Farbe an ein Essen dachte, und kombinierte, dass sie Hunger haben musste. Das war ihre eigene Schuld, weil sie das Blackbird verlassen hatte, bevor sie am Frühstück teilgenommen hatte. Aber sie war zu aufgeregt gewesen, um dazubleiben.

Ein kleiner Holztisch mit zwei Stühlen stand vor dem großen Fenster, das einen Blick auf den Innenhof bot. Linkerhand der Küche befand sich das Badezimmer. Es war klein, aber elegant mit einer gefliesten Dusche und einem gefliesten Waschbecken ausgestattet. Flauschige Handtücher hingen an der Duschtür in Pekannuss - oder Khakifarben, es musste ja nicht jede Farbe als etwas Essbares beschrieben werden. Mit einem zufriedenen Seufzer drehte Chloe sich um und kehrte ins Wohnzimmer zurück. An der gegenüberliegenden Wand befand sich eine Tür, hinter der vermutlich das Schlafzimmer lag. Chloe ging auf die Tür zu, um sich Gewissheit zu verschaffen, und quietschte fast vor Freude über das schmiedeeiserne Bett in Kingsize-Größe, über das eine wunderschönen Steppdecke in Grün und Beige drapiert war. Ein gutes halbes Dutzend Kissen war darauf verteilt. Die gegenüberliegende Wand wies einen Einbauschrank auf, sodass eine Nische in der Ecke übrig blieb, in der ein bequemer Sessel stand. Chloe blieb die Luft weg. Über die Lehne war eine dekorative salbeigrüne Decke geworfen, welche die gleiche Farbe wie ihre Lieblingsdecke hatte, die sie im Feuer verloren hatte.

Erstaunt darüber, wie *richtig* alles schien, musste sie lächeln.

»Reicht das?«, fragte Derek.

Chloe drehte sich um und sah, wie er mit den Armen vor der Brust verschränkt in der Tür zum Schlafzimmer stand. Plötzlich war ihr von seinem alleinigen Anblick und dem nur wenige Schritte entfernten Bett ganz heiß. »Es ist perfekt. Wofür wird es normalerweise benutzt?«

Derek zuckte mit den Schultern. »Familienangehörige, die zu Besuch kommen, oder wer auch immer Bedarf hat. Rob Archer hat viele geschäftliche Interessen, weshalb er gelegentlich Gäste einlädt, die dann bei ihm wohnen. Wie Sie sich wahrscheinlich denken können, gibt es jede Menge Zimmer hier im Haus.«

»Ja, das kann ich sehen.«

Derek drehte sich von der Tür weg und schlenderte ins Wohnzimmer zurück. »Fällt Ihnen etwas auf?«

Chloe sah sich um, und dann blieb ihr Blick an dem Gemälde über dem Gas-kamin hängen. »Das ist mein Bild!« Sie eilte hinüber und strich mit den Fingerspitzen über den ungerahmten Rand der Landschaft, die sie wenige Monate zuvor gemalt hatte. »Woher haben Sie das?«

»Aus Ihrer Garage. Und drei weitere stehen noch dort drüben.« Er deutete auf eine Kiste in der Ecke, die drei kleinere Bilder enthielt. »Sie waren ein bisschen nass geworden, aber inzwischen sind sie scheinbar gut getrocknet. Leider ist eines der Bilder ein bisschen verbogen aber vielleicht können wir es auf einen neuen Rahmen spannen.«

Wir? Angesichts seiner Fürsorglichkeit brannten Chloe die Tränen in den Augen. »Danke«, flüsterte sie leise, denn sie war unfähig, ihre Worte mit mehr Kraft hervorzubringen.

Dann hörte sie, wie Derek sich hinter ihr rührte, doch

sie hielt den Blick weiter auf ihr Bild gerichtet, bis sie ihre Gefühle wieder unter Kontrolle hatte. Als sie sich umdrehte, war Derek in der Küche und öffnete eine große Schachtel mit Gebäck. Chloe setzte sich zu ihm an die Bar.

Er reichte ihr einen Isolierbecher mit dem Beaker-Logo an der Seite. »Hier ist Ihr Chai.«

Dankbar lächelte sie ihn an. »Perfekt, danke.« Dann drehte sie sich wieder um und betrachtete die Fensterwand gegenüber dem Kamin. Sie ließ eine Menge natürliches Licht in den Raum. Sie konnte sich sogar vorstellen, hier zu malen – sobald sie neue Malutensilien beschafft hätte. So lange würde allerdings wahrscheinlich gar nicht hierbleiben. In weniger als zehn Tagen würde sie sich nach einer neuen Unterkunft umsehen müssen.

Für den Augenblick schob sie diesen Gedanken allerdings beiseite, denn sie wollte sich auf die Großartigkeit dieses Morgens konzentrieren und wie wunderbar es sich anfühlte, nach dem Feuer gut aufgehoben zu sein. Dank der Freundlichkeit und Großzügigkeit aller bekam sie das Gefühl, endlich zu Hause zu sein. Dann knurrte ihr Magen, und ihr kam zu Bewusstsein, dass sie noch ein paar Lebensmittel einkaufen musste, damit diese Stätte ein wahres Heim für sie würde.

Derek schmunzelte. »Hungrig? Das bin ich auch.« Er trat hinter die Theke in die Küche. »Ein Glück für Sie, dass Emily den Kühlschrank aufgefüllt hat.«

»Hat sie das?«

»Ich habe Ihnen ja gesagt, dass sie eine großartige Mutter ist.« Er warf einen Blick auf die Tür. »Vermutlich wird sie gleich kommen. Sie will unbedingt Ihre Katze abliefern, deren Sehkraft sich übrigens schon verbessert hat.«

»Wirklich?« Chloe musste lächeln. »Das ist großartig!« Ihr Magen knurrte schon wieder.

Derek lachte leise. »Nehmen wir uns etwas zu essen.« Er neigte den Kopf in Richtung der großen offenen Schachtel, die vor ihm auf dem Tresen stand. Ein halbes Dutzend Backwaren – Plunderstücke, Croissants und Donuts – lockten sie. »Suchen Sie sich ein Gebäck aus, irgendeins.«

Nach einem quälend unentschlossenen Moment zeigte sie auf den mit dunkler Schokolade überzogenen Käsekuchen. »Dieses dort.«

»Gute Wahl. Setzen Sie sich, ich bringe es Ihnen.«

Sie nahm seinen Chai in die andere Hand. »Ich habe Ihren Tee.«

Als sie die Becher auf den Tisch stellte, hörte sie, wie er in der Küche herumlief und Teller aus dem Schrank holte.

»Erzählen Sie mir von Ihrer Kunst. Warum machen Sie das nicht beruflich?«, fragte er.

Chloe setzte sich auf einen der Stühle mit gewebter Lehne. »Das tue ich gewissermaßen schon. Nach den Winterferien werde ich als Kunstlehrerin an der Cascade Children's Academy anfangen.«

»Wirklich?« Er kam um die Theke herum und trug zwei Teller, die er auf den Tisch stellte. »Dann ist Kellnern nur ein Nebenjob, den Sie vorübergehend ausüben?«

»Ja, ein Teilzeitjob als Lehrerin beschert einem ein reichlich knapp bemessenes Budget.« Sie bemerkte, dass er sich für das mit Himbeeren gefüllte Croissant entschieden hatte. »Um ein Haar hätte ich das genommen.«

Mit dem Croissant auf halbem Weg zu seinem Mund erstarrte er in der Bewegung. »Soll ich es für Sie aufheben?«

»Oh, nein, bitte, essen Sie es.« Genüsslich biss sie von ihrem Käsekuchen ab und stellte erfreut fest, dass er sogar noch besser schmeckte, als er aussah. Für einen Moment aßen sie schweigend, ehe sie dann fragte: »Woher haben Sie das Gebäck? Es ist himmlisch.«

»Von Eloise's Bakery. Ehrlich gesagt ist die Bäckerei in Dundee.« Das war eine zehnminütige Fahrt von Ribbon Ridge in Richtung Osten. Er hatte sich viel Mühe gegeben, beeindruckend und zuvorkommend zu sein.

»Ich bin froh, dass sie nicht in Ribbon Ridge ist, sonst hätte ich bereits im ersten Monat hier zehn Pfund zugenommen.«

Er riss seine fabelhaften blauen Augen auf. »Was Sie nicht sagen. Unsere Stadt mag zwar klein sein, aber sie ist von tollen Restaurants und Weingütern umgeben, und natürlich hat sie den besten Bierbrauer des Landes vorzuweisen. Wenn mein Training nicht wäre, würde ich dreihundert Pfund wiegen.«

Das bezweifelte sie; denn er war eindeutig sehr sportlich. Das musste er auch sein, um einen dieser Hochdruck-Feuerwehrschläuche zu bedienen. Obwohl er über einen Meter achtzig groß war, schätzte sie ihn auf schlanke fünfundsiebzig Kilo. Sie selbst war nicht schlecht in Form, aber sie war sich sicher, dass seine Bauchmuskeln viel deutlicher zu sehen waren als die ihren.

Er legte sein Croissant hin, um einen Schluck Tee zu trinken. »Ich muss Sie einfach fragen, ob Sie den ganzen Weg hierhergezogen sind, um einen Teilzeitjob an einer Privatschule zu bekommen?«

»Ja«, entgegnete sie langsam, während sie ihr Gebäck auf ihren Teller legte. Er hatte auch an Servietten gedacht, die sie jetzt benutzte, um sich den Mund abzutupfen. »Und um Ihre nächste Frage zu beantworten: Sicher hätte ich eine ähnliche Stelle in Pittsburgh bekommen können, oder zumindest in der Nähe, doch mir war nach einem Tapetenwechsel. Ich hatte irgendwo leben wollen, wo es entspannter zugeht.«

Er lachte. »Das ist in Oregon ganz bestimmt der Fall. Waren Sie schon einmal in Portland? Dort geht es sehr lustig zu. Ich werde Sie einmal dorthin ausführen. Ich kenne ein paar tolle Bars.«

Ein Kneipier würde darüber natürlich bestens Bescheid wissen. »Arbeiten Sie gerne in der Kneipe?«, erkundigte sie sich, weil sie mehr über ihn erfahren wollte.

»Das tue ich. Das habe ich auch während des gesamten Studiums getan.«

Es war albern, aber Chloe war davon ausgegangen, dass er überhaupt nicht studiert hatte. Keine seiner beruflichen Tätigkeiten erforderte ein Diplom, was aber nicht unbedingt bedeuten musste, dass er keines hatte. Es gefiel ihr ganz und gar nicht, dass sie so voreilige Schlüsse über ihn gezogen hatte, denn genau das würde ihre Mutter tun. Und eigentlich könnte Derek ja auch eine ähnliche Vermutung über sie anstellen. Vielleicht war sie nur eine hippiemäßige, verrückte, künstlerisch veranlagte junge Frau, die malte und kellnerte. Innerlich musste sie darüber lächeln und sie liebte das ganze Szenario: ein künstlerisches Barmädchen, das, sich mit einem heißen Kellner/Feuerwehrmann einlässt. Jawohl, genau nach dieser Art von Leben hatte sie gesucht.

Aus einem Impuls heraus beugte sie sich über den Tisch und küsste ihn auf die Wange. »Danke«, sagte sie noch, ehe sie sich wieder zurückzog. »Für das Frühstück, dafür, dass Sie eine Wohnung für mich gefunden haben, für ... alles.«

Er drehte den Kopf und küsste sie auf die Lippen. Um ein Haar wäre Chloe vor Überraschung zurückgeschreckt, aber sie hatte ja damit angefangen. Dort, wo ihre Münder sich trafen, wurde es ganz heiß und sie musste an die Tischkante fassen, um sich abzustützen.

Dann hielt er den Kopf ein bisschen schräg und seine Lippen bewegten sich mit sanfter Präzision über ihre. Dieser Mann war ein Könner. Das plötzliche Klingeln seines Telefons bereitete diesem Moment ein jähes Ende, und sie ließen voneinander ab. Er zog sein Handy aus der Gesäßtasche, während sie sich wieder auf ihren Stuhl setzte und einen Bissen Käsekuchen zu sich nahm, um ihren Mund zu füllen, nachdem er ihn verlassen hatte.

»Hier ist Derek,« sagte er in den Hörer. »Oh, hi. Ja, das ist mir bewusst. Oh. Nun, Mist. Das wusste ich nicht. Ich bin in ein paar Minuten da.«

Er schob das Handy in seine Tasche zurück und schenkte ihr ein verlegenes Lächeln. »Ich muss los. Ich habe vergessen, dass ich noch jemandem versprochen habe, ihm heute behilflich zu sein.«

Wieder wischte sie sich den Mund ab und lächelte ihn an. »Das kommt davon, wenn man versucht, zu viel Gutes zu tun.«

»Hmm, das stimmt. Ich werde mich bemühen, meinen inneren bösen Jungen öfter herauszulassen.«

Eine Woge der Hitze wallte in Chloes Bauch auf. Sie konnte sich genau vorstellen, wie gern sie diesen bösen Jungen kennenlernen würde. Und die sinnliche Art, mit der er sie ansah, trug sicher nicht dazu bei, dies nicht zu wollen.

Sie stand auf. »Nun, ich bedanke mich für das Frühstück und alles andere. Vielen Dank mein Ritter.«

Er stand ebenfalls auf, obwohl sie an seiner Haltung und der Tatsache, dass er nicht sofort zur Tür ging, ein gewisses Zögern feststellen konnte.

»Ihr Ritter?«, meinte er und drehte sich schließlich um.

Sie trat zu ihm und begleitete ihn zur Tür. »Ohne Furcht und Tadel. Obwohl ich nichts dagegen hätte, wenn der ungezogene Junge mal zum Spielen rausgelassen würde.«

An der Tür drehte er sich noch einmal um und blickte sie aus seinen lebhaften und verführerischen blauen Augen an. »Kein Problem« Sein Blick fiel auf ihren Mund. »Macht es Ihnen etwas aus, das heißt...«

»Nein.« Sie schlang ihre Arme um seinen Hals und zog ihn zu einem weiteren Kuss zu sich herab. Dieser war allerdings nicht so sanft und süß wie der erste. Nein, dieses Mal ließ er seinem inneren ungezogenen Jungen wirklich freien Lauf und glitt mit seiner Zunge über ihre Lippen, bis sie ihn einließ. Dann legte er seine Arme um sie, drückte sie an seine Brust und den Mund auf ihren. Es war ein echter Filmkuss, von der Art, bei denen man seufzte und weinte und sich überall heiß anfühlte.

Nach einigen verzauberten Augenblicken zog er sich zurück und schenkte ihr ein bedauerndes Lächeln. »Ich muss wirklich gehen. Oh, das hätte ich beinahe vergessen. Hättest du vielleicht Lust, morgen Abend mit mir zur Weihnachtsfeier der Archers zu gehen?«

Das war eine riesengroße Chance. Aber sie hatte gar nichts anzuziehen. Buchstäblich. Zum Glück hatte Mike darauf bestanden, ihr das Wochenende freizugeben, damit sie ihre Garderobe aufstocken und sich eine neue Wohnung suchen konnte. Erster Schritt: ein umwerfendes Party-Outfit finden. »Sehr gerne.«

Seine Antwort bestand aus einem breiten Lächeln, das sie zu einer kribbelnden Masse werden ließ. »Großartig. Ich komme um sechs Uhr vorbei und hole dich ab, einverstanden?«

»Ich kann es kaum erwarten.«

»Ich auch nicht.« Er warf ihr einen letzten Blick zu, ehe er davonging und die Tür hinter sich schloss.

Chloe berührte die Tür, als könne sie seine Hand dort auf der Klinke noch spüren. Dann drehte sie sich um und drückte sich mit dem Rücken an die Tür. Sie konnte Stimmen im Treppenhaus hören, also drehte sie sich wieder um und machte die Tür wieder auf.

Eine zierliche Frau mit hellblondem Haar stieg gerade die letzten Stufen hinauf, und hielt ein graues Fellbündel im Arm.

»Ashley!« Chloe streckte die Arme aus und freute sich irrsinnig, das Kätzchen zu sehen, das sie zwar gestern erst kennengelernt hatte, für das sie aber äußerst besitzergreifende Gefühle hegte.

Die Frau – die Emily Archer sein musste – legte Ashley in Chloes wartende Umarmung. »Es geht ihr sehr gut. Sie nimmt die Prozedur mit den Augentropfen wie ein Champion auf sich.«

Chloe blickte ihr kleines Kätzchen an, das nun zu ihr aufschaute, was sie in der letzten Nacht nicht getan hatte. »Oh, ich danke Ihnen vielmals. Es sieht so aus, als ob sie schon viel besser sehen kann, nicht wahr?«

Emily nickte. »Auf jeden Fall. Heute Morgen hat sie den Futternapf ganz mühelos gefunden.« Sie hielt inne. »Ich bin übrigens Emily.«

»Oh, ja, verzeihen Sie.« Chloe schmiegte Ashley in ihre linke Armbeuge und streckte dann die rechte Hand aus, um Emily die Hand zu schütteln. »Ich bin Chloe.«

»Ach, Unsinn, junge Dame. Wir sind Umarmer.« Sie streckte ihren Arm aus und drückte Chloe kurz. Dann schob sie sich an ihr vorbei in die Wohnung. »Ich habe Ashleys Augentropfen in den Schrank neben dem Waschbecken gestellt. Und in den Schränken stehen Futterschalen und Katzenfutter.«

»Ich weiß nicht, wie ich Ihnen danken soll - auch für die Lebensmittel. Wie viel schulde ich Ihnen? Und für den Tierarzt.«

Emily winkte mit der Hand. »Nichts. Ich bestehe darauf. Wenn man sich nicht darauf verlassen kann, dass einem Fremde inmitten einer schrecklichen Tragödie helfen, wozu taugt denn dieses Leben dann?« Sie wuselte weiter durch die Wohnung. »Im Badezimmer steht ein Katzenklo. Ich würde Ashley nicht nach draußen lassen, vor allem nicht, bis es ihr besser geht, obwohl ich sie überhaupt nicht nach draußen lassen würde. Es gibt zu viele Kojoten in Ribbon Ridge.«

Kojoten? Ja, sie lebte in der Provinz, das stimmte. »Ich glaube, Ashley hat es draußen schwer genug gehabt. Irgendetwas sagt mir, dass sie drinnen als fernsehende, Bonbons verzehrende Katze sehr glücklich sein wird.«

Emily lächelte. »Genau! Haben Sie den Kleiderschrank im Schlafzimmer gesehen?«

»Noch nicht.« Chloe folgte Emily ins Schlafzimmer, wo sie die Akkordeontüren öffnete und ein paar Jeans, einige Hemden, eine Jacke und ein Sweatshirt zum Vorschein brachte. Sie blickte die nette Frau an. »Haben Sie das auch gemacht?«

»Schuldig.« Obwohl ihr warmes Lächeln verriet, dass sie sich alles andere als schuldig fühlte. »Ich habe Derek nach Ihrer Größe gefragt.«

Chloe ging hin und sah sich eines der Schilder an. Er hatte den Nagel auf den Kopf getroffen. Verdammt, er war gut. Sie wandte sich wieder an Emily. »Ich nehme nicht an, dass ich Ihnen diese erstatten kann?«

Emilys Grinsen war ansteckend. »Ganz und gar nicht!

Ich fürchte, Sie werden unsere Großzügigkeit ertragen müssen.«

»Sie haben schon so viel getan. Diese Wohnung ist unglaublich.«

Emilys Gesicht verfinsterte sich vor Bedauern. »Es tut mir nur leid, dass Sie nicht länger hierbleiben können, aber es ist gut, dass Dereks Haus gerade verfügbar ist.«

Ein unerklärliches Gefühl des Unbehagens stahl sich über Chloes Rückgrat. »Dereks Haus?«

»Er hat Ihnen nichts gesagt?« Emilys Wangen nahmen Farbe an, aber Chloe konnte nicht erraten, welche Emotion diese Reaktion ausgelöst haben sollte. »Nun, das überlasse ich ihm. Es tut mir leid.«

Chloe wollte eigentlich nach weiteren Einzelheiten fragen, aber sie glaubte nicht, dass sie etwas erfahren würde. Ganz offensichtlich hatte Emily etwas gesagt, was sie vielleicht nicht hätte sagen sollen, und sie hatte bestimmt nicht die Absicht, Derek in die Bredouille zu bringen.

Das Problem war allerdings – und Chloe vermutete, dass Emily sich dessen bewusst war, was auch der Grund für ihr Erröten war –, dass sie das wahrscheinlich schon getan hatte.

Kapitel Vier

Derek hatte vergessen, dass er zugestimmt hatte Hayden Archer in einer Sitzung zu vertreten. Er war so davon in Anspruch genommen gewesen, Chloe zu helfen, dass er seine beruflichen Verpflichtungen praktisch vergessen hatte. Und einen Beruf hatte er ganz sicher. Als Finanzchef von Archer Enterprises war er ungemein eingespannt und er trug enorme Verantwortung. Dass Rob letztes Jahr genügend Vertrauen in ihn gesetzt hatte, um ihn zu befördern, bedeutete für Derek einfach alles, und er wollte alles daransetzen, ihn niemals zu enttäuschen.

Nachdem er die Sitzung hinter sich gebracht hatte, ging er in sein Büro, von dem aus man einen fantastischen Blick auf die Red Hills hatte, deren Gipfel heute in tiefhängende Wolken gehüllt waren. Zu dieser Jahreszeit wirkte die Landschaft mystisch, als gehöre sie zu einem Fantasy Roman nach Art *Herr der Ringe*.

»Hey, danke, dass du mich gedeckt hast, ich weiß das zu schätzen«, meinte Hayden.

Derek wandte sich vom Fenster ab, als der jüngste Archer das Büro betrat. Hayden war das einzige Kind, das nicht zu den Sechslingen gehörte. Mit seinen sechsundzwanzig Jahren war er nur vierzehn Monate jünger als seine Geschwister, und außer Alex war er der, der wegen seiner gesundheitlichen Probleme dortbleiben musste, wo er versorgt werden konnte, und somit nicht von Ribbon Ridge weggezogen war. Er war auch der Einzige, der derzeit für Archer Enterprises arbeitete, und zwar als Vizepräsident des Unternehmens. Am wichtigsten war, dass er ein guter Freund war.

»Mama sagt, du hast der Frau, deren Haus beim Feuer abgebrannt ist, heute geholfen, in die Wohnung zu ziehen. Ist sie heiß oder was? Hast du deshalb fast die Besprechung verpasst, in der du mich vertreten solltest?«

Derek erkannte den neckischen Ton in Haydens Fragen. »Vielleicht. Aber sie ist schon vergeben.«

Hayden streckte sich in einem der Ledersessel vor Dereks Schreibtisch aus. »Verheiratet? So ein Pech.«

»Nicht verheiratet.«

Haydens Brauen hoben sich. »Oh? Schon an dich vergeben?« Als Derek nichts sagte, nickte Hayden einmal. »Interessant. Hast du sie nicht gerade erst kennengelernt?«

Derek zuckte mit den Schultern, um nicht zu viel Aufmerksamkeit darauf zu ziehen. »Hey, ich muss dafür sorgen, dass ihr Archer-Jungs mir nicht alle Mädchen wegschnappt. Weißt du, wie schwer es war, eine Freundin zu ergattern, wenn Liam und Kyle dabei waren?«

Hayden schnaubte. »Ähm, ja. Sie sind meine älteren Brüder, schon vergessen? Aber dein Gedächtnis ist fehlerhaft, alter Mann. Ich glaube mich daran zu erinnern, dass du bei Mädchen ganz gut angekommen bist, also wirst du von mir kein Mitleid bekommen.«

Lächelnd ließ Derek sich auf seinen Stuhl fallen. Hayden hatte recht, aber das hielt Derek nicht davon ab,

Paroli zu bieten. »Ich weiß, dass Liam zur Party kommt, aber kommt Kyle auch?« Obwohl Kyle einmal Dereks engster Freund gewesen war, hatten sie seit Monaten nicht mehr miteinander gesprochen.

Hayden schüttelte den Kopf, als sich seine Augenbrauen über seine blaugrünen Augen senkten. »Er ist zu sehr damit beschäftigt, in seiner eigenen Version von *Cocktail* die Hauptrolle zu spielen.«

Derek stieß ein humorloses Lachen aus. »Er ist einfach kein Tom Cruise. Wann kriegt er sein Leben endlich auf die Reihe?«

Hayden zuckte mit den Schultern. »Du kennst ihn so gut wie wir alle.«

Wahrscheinlich kannte er ihn sogar besser. Aber er verstand immer noch nicht, warum jemand mit Kyles Kochtalent sein Leben damit vergeudete, einem Haufen von Strandpartygängern und Rentnern Getränke einzuschenken. Er war ein hervorragender Koch und könnte sich im kulinarischen Bereich als eine wichtige Koryphäe etablieren. »Emily wird nicht begeistert sein, dass er nicht kommt.«

»Ganz und gar nicht.« Hayden lehnte sich auf seinem Stuhl zurück. »Aber sag nichts zu ihr. Du weißt ja, wie sie ist.«

Natürlich wusste er das. Emily war praktisch seine Mutter. Kyles Ziellosigkeit frustrierte sie, und dass nicht, weil er Barkeeper war. Damit könnte sie sich durchaus anfreunden, wenn sie glaubte, er wäre damit glücklich. Aber sie war überzeugt, dass er es nicht war.

»Wie wer ist?« Rob betrat Derek Büro.

»Oh, hey Dad«, meinte Hayden. »Wir haben gerade über Kyle gesprochen.«

Rob legte die Stirn in Falten und seine grauen Augen

wandelten sich zu dunklen Gewitterwolken. »Damit will ich gar nicht erst anfangen. Ich kann nicht glauben, dass er deine Mutter enttäuscht, indem er nicht zur Party erscheint.« Energisch fuhr er mit der Hand durch die Luft. »Aber über ihn will ich gar nicht reden. Ich bin gekommen, um mich mit dir zu unterhalten.« Er zeigte auf Derek.

Derek reagierte auf den väterlichen Tonfall, den Rob selten, aber mit großer Wirkung bei ihm zur Anwendung brachte, und richtete sich in seinem Stuhl auf. »Was habe ich ausgefressen?«

»Ich war in der Annahme, dass du dieser jungen Frau dein Haus anbieten wolltest? Emily sagte mir, dass du das offenbar nicht getan hast.«

Verflucht. Emily musste mit Chloe darüber gesprochen haben ... *Mist.* Was für ein erbärmlicher Ritter ohne Furcht und Tadel er doch war. »Das wollte ich, aber es hat sich einfach nicht ergeben.«

»Das klingt wie ein Haufen Blödsinn.« Rob duldete weder Dummheiten noch halbherzige Lügen. »Sie braucht eine Bleibe, in der sie leben kann und du hast eine.«

Das hatte Derek eigentlich zur Sprache bringen wollen, aber – zumindest sich selbst gegenüber – musste er sich eingestehen, dass er die Sache in der Hoffnung aufgeschoben hatte, es würde sich etwas anderes ergeben. »Ich werde es tun. Das habe ich gesagt. Einverstanden?« Nur selten ärgerte er sich über Rob, aber in dieser Sache wollte er sich nicht drängen lassen.

Kapitulierend hob Rob die Hände. »Na schön. Aber wenn du kneifst, werde ich eine andere Unterkunft für sie finden. Meine Ressourcen in der Stadt sind derzeit ausgeschöpft, und wahrscheinlich wird sie nach Newberg ziehen müssen.« Das war fast dreißig Minuten entfernt.

»Ich kneife nie«, gab Derek mürrisch zurück und dachte dabei an Kyle, der ständig kniff.

Robs Gesichtszüge entspannten sich. »Das weiß ich, mein Junge. Und ich weiß, wie schwierig das für dich ist, aber betrachte es einfach als einen positiven Schritt.«

Das war die einzige Art, wie er das sehen *könnte*. Es war wirklich nicht allzu schwierig. Er mochte Chloe. Und zwar sehr. War es eigentlich nicht in seinem Sinne, dass jemand wie sie in seinem Haus lebte? Nein, denn ihm graute vor diesem Haus. Er strengte sich an, einen Schauder zu unterdrücken, doch seine Schulter zuckte ein wenig. »Morgen werde ich mit ihr darüber sprechen. Es ist eine großartige Lösung«, zwang er sich, hinzuzufügen, »für alle.«

»Das ist die richtige Einstellung.« Rob nickte ihm zu, und der Stolz flackerte in seinen Augen auf. In diesem Moment keimte in Derek der Wunsch auf, dass es funktionierte. Er konnte es fertigbringen, Chloe dort leben zu lassen und gleichzeitig mit ihr zusammen zu sein. Das *konnte* er.

Rob wandte sich zum Gehen, doch an der Tür hielt er noch einmal inne und blickte zu Derek und Hayden zurück. »Das hätte ich fast vergessen. Heute Abend findet ein Essen mit einem Teil der Familie statt. Tori erscheint gegen vier Uhr, und Evan sollte bis dahin auch hier sein. Sara hat deine Mutter und Alex im Krankenhaus in Newberg getroffen.« Sara wohnte in der Nähe von Portland, das etwa vierzig Minuten entfernt war, und kam häufig in die Stadt, um insbesondere bei Alex' medizinischen Problemen mit auszuhelfen. »Wir treffen uns um sieben.«

»Bis dann, Dad«, rief Hayden ihm nach. Die Fingerspitzen zu einem Dreieck zusammengelegt schaute er

Derek an. »Was ist das nur für eine Sache mit dir und dem Haus? Werde es doch einfach los, wenn du es so sehr hasst.«

Ganz so einfach war es nicht. Es war eine Hassliebe, und er bezweifelte sehr, dass Hayden, der noch nie einen Elternteil verloren hatte, geschweige denn beide, seine Situation verstehen würde. »Das kann ich ja jetzt offensichtlich nicht, oder? Chloe braucht ein Zuhause.«

Da Derek auf einen Themenwechsel erpicht war, fragte er: »Welcher Termin steht für Alex an? Seine monatliche Untersuchung ist es nicht – denn die war letzte Woche.«

Alex litt an einer chronischen Lungenerkrankung und musste sich regelmäßig einer Kontrolle seiner Lungenkapazität unterziehen. Er war der Einzige der Sechslinge mit einem schwächenden Defekt als Folge der Mehrlingsgeburt. Obwohl Evan Autist war und Sara eine sensorische Verarbeitungsstörung besaß, waren deren Beschwerden längst nicht so einschränkend wie Alex' Lungenschwäche.

»In letzter Zeit hat er einige Probleme gehabt. Du weißt, wie schwer diese Jahreszeit für ihn ist. Es ist so feucht. Mama überlegt sogar, ihn nach Arizona umzusiedeln – wegen des trockeneren Klimas.«

»Ganz allein?«, fragte Derek verwundert, denn bislang hatte er davon noch gar nichts gehört.

»Nein, sie würde ihn begleiten – und es wäre nur für sechs Monate im Jahr.«

»Was ist mit deinem Vater?« Rob konnte Archer Enterprises nicht so einfach im Stich lassen. Nicht, weil seine Mitarbeiter nicht zurechtkämen, sondern weil seine Arbeit den Kern von Robs Identität ausmachte. Er hatte das Immobiliengeschäft der Familie übernommen und daraus etwas viel Größeres gemacht. Dennoch konnte Derek sich auch nicht vorstellen, dass er seine Frau und seinen kranken

Sohn in einen anderen Staat gehen ließ, ohne sie zu begleiten.

»Hör zu, zunächst einmal ist es nur eine Idee. Ich glaube nicht einmal, dass sie mich tatsächlich einweihen wollte, aber ich habe gehört, wie Dad und sie darüber gesprochen haben.«

»Na schön.« Es war sehr schwer, in solch einer zahlreichen Familie Geheimnisse zu hüten, aber Derek gab sich alle Mühe, jedes einzelne der Familienmitglieder zu respektieren. Das lag wahrscheinlich daran, weil er doch immer noch Derek Sumner war und nie Derek Archer werden würde – nicht, dass er das erwartet hätte. Verflixt, aber die Kinder der Archers wussten gar nicht, wie gut sie es hatten. Sie hatten diese wunderbare Familie, die sie voll und ganz unterstützte, und alle hatten die Stadt verlassen. Mit Ausnahme von Hayden und Alex natürlich. Und Derek ging davon aus, dass Hayden vielleicht ebenfalls gegangen wäre, doch Derek war sich sicher, dass Rob – aller Wahrscheinlichkeit nach unwissentlich – Druck auf seinen jüngsten Sohn ausgeübt hatte, damit er daheimblieb, denn alle anderen hatten ihn im Stich gelassen. Warum waren sie alle so erpicht darauf gewesen, das Nest zu verlassen? Derek konnte sich nicht vorstellen, den Komfort und die Sicherheit einer Familie aufgeben zu wollen, aber dann waren es seiner Erfahrung nach ja auch immer die anderen, die fortgingen.

Hayden schlug die Beine übereinander und setzte sich aufrechter hin. »Was? Du scheinst ein bisschen irritiert.«

»Ach, du kennst mich doch. Ich begreife einfach nicht, warum alle fortgegangen sind. Und ich verstehe wirklich nicht, warum sie nur ein oder zwei Mal im Jahr nach Hause kommen.« Wobei Sara eine Ausnahme bildete.

Hayden blickte ihn stirnrunzelnd an. »Du kannst nicht

nachvollziehen, wie es für sie ist. Ihr gesamtes Leben haben sie als eine Sechs-Personen Einheit verbracht und nicht als Individuen.«

Diese Ansicht war Derek schon zuvor zu Ohren gekommen, und das glaubte er einfach nicht. Das Leben war gewiss nicht leicht, aber im Großen und Ganzen hatten die Sechslinge der Archers das große Los gezogen. »Ja, sie hatten es so furchtbar schwer gehabt. Im Gegensatz zu Alex.« Der selbst dann nicht gehen konnte, wenn er gewollt hätte –zumindest nicht ohne erhebliche Hilfe.

Hayden stand auf. »Ich mache dir einen Vorschlag, du hörst auf, sie alle zu kritisieren, weil sie losziehen und sich selbst finden wollen, und ich werde ihnen nicht sagen, was für ein Lahmarsch du bist, wenn es um dein Haus geht. Und ja, das ist dasselbe. Reg dich nicht über die Macken anderer Leute auf, wenn du selbst genug davon hast.« Er lächelte kurz, um deutlich zu machen, dass er nicht sauer war, und ging hinaus.

Derek starrte auf die leere Türöffnung. Vielleicht war er auch nicht besser als die Geschwister. Eigentlich wusste er ganz genau, dass er das nicht war. Er war ein Wrack, und es war nicht so, dass er sich je die Mühe gemacht hätte, genauer hinzuschauen, um das zu erkennen. Nein, das würde bedeuten, dass sein Gleichgewicht wirklich aus den Fugen geriet, und das wollte er nicht.

Seine Gedanken kreisten um Chloe und ihren Umzug nach Oregon. Tat sie das Gleiche wie die Archer-Kinder? Hatte sie ihr Zuhause verlassen, um sich selbst zu finden? Sie sei hierhergekommen, hatte sie gesagt, weil es hier entspannter sei. Er hatte jedoch spüren können, dass sie Pittsburgh aus einem spezifischeren, persönlicheren Grund verlassen hatte.

Er hielt den Blick auf seinen Schreibtisch gerichtet,

aber der Papierkram, den er erledigen musste, und die E-Mails, die er zu beantworten hatte, verblassten vor seinen Augen und verwandelten sich in Chloe Englishs entzückendes Gesicht mit diesen verführerischen haselnussbraunen Augen und diesem verlockenden rosa Mund, der nach Frischkäse und dunkler Schokolade schmeckte. Er schluckte. Verdammt, es würde ein langer Tag werden.

Und er würde sie erst morgen wiedersehen. Es sei denn, er wollte richtig aufdringlich sein und später im Pub auftauchen. Aber nein, sie wollte sich erst einmal einarbeiten und einen guten Eindruck machen. Er würde die Zeit abwarten – so schwer das auch werden würde – bis morgen Abend um sechs.

Oder er würde sich etwas Besonderes gönnen und um fünf vor sechs erscheinen.

Kapitel Fünf

Den größten Teil des Samstags verbrachte Chloe damit, das perfekte Party-Outfit und einige andere Dinge einzukaufen, darunter auch ein paar Paare dringend benötigter Schuhe, soweit ihr schmales Budget dies erlaubte. Gerade strich sie sich etwas glitzernden Gloss auf die Lippen, als es an der Tür klingelte. Sie warf einen Blick auf die Uhr: fünf vor sechs. Ihr gefielen Männer, die früh dran waren. Ganz besonders dann, wenn dieser Mann Derek Sumner war.

Sie nahm ihren Mantel, den sie aber gleich wieder aufhängte. Die Party war tatsächlich nur ein paar Schritte entfernt – und sauste durch die Tür und die Treppe hinunter. Sie öffnete die Tür und fast hätte sie laut aufgeseufzt. Seine schwarze Lederjacke stand offen und gab den Blick auf ein mitternachtsblaues Hemd frei. Die Farbe stand ihm ausgezeichnet.

»Hallo, Fremde«, begrüßte er sie.

»Lange nicht mehr gesehen, nicht wahr?« Wie ein echter Gentleman bot er ihr einen Arm an. Ihre Mutter würde in Verzückung geraten.

Chloe schloss die Tür und schob den Riegel vor, ehe sie dann die Schlüssel in die Tasche ihrer neuen schwarzen Hose schob. Sie war nicht besonders schick, aber auch nicht von Target. Für ihren Einkauf hatte Chloe es auf sich genommen fünfundvierzig Minuten zu einem Outlet-Center mit einigen tollen Geschäften zu fahren.

Er betrachtete ihren neuen dunkelroten Pullover, und trotz der Kälte wurde ihr bei seinem Blick warm. »Du siehst großartig aus«, sagte er.

»Danke, du auch.«

»Willst du von vorne reingehen, oder ist es in Ordnung, wenn wir uns durch die Hintertür hineinschleichen?«, wollte er wissen er und sah zu ihr herab. Sie liebte seine Größe.

Chloe wägte ab, ob sie den weitaus längeren Weg zur Haustür auf sich nehmen sollte. »Ist es Hineinschleichen, wenn es nur darum geht, dass wir nicht frieren wollen?«

Er schmunzelte. »Ganz und gar nicht. Also durch die Hintertür.« Zügig führte er sie zur Tür, die von der Porte cochere abging.

Ihr erster Eindruck vom Inneren des Hauses der Archers war der Gleiche, den sie vom Äußeren hatte: seiner Größe zum Trotz war das Haus gemütlich. Im Hinterraum gab es Haken und Schränke, die mit den Namen aller Kinder versehen waren. Alle Achtung, es gab eine Menge Kinder, was bedeutete, dass das enorme Haus mehr als nur als Prestigeobjekt diente. Der Boden war mit satten, dunkelgrauen Kacheln gefliest und sie waren perfekt, um vom Regen ins Haus zu kommen. Alles war ordentlich und aufgeräumt, und der Tannenkranz an der Tür lud sie herzlich zum Eintreten ein.

»Hier entlang«, forderte Derek sie auf. Er nahm sie bei der Hand, und obwohl seine Finger kalt waren, verspürte sie durch seine Berührung eine gewisse Wärme. Seit langer Zeit hatte ihr niemand mehr die Hand gehalten. Sie konnte sich nicht erinnern, wann Ed das letzte Mal etwas so schlichtweg Romantisches getan hatte.

Derek führte sie einen Flur entlang in Richtung der Geräusche und Gerüche der Party. Die Luft war von Weihnachtsmusik und dem verräterischen Duft von Tannengrün erfüllt. Als sie an einem Esszimmer vorübergingen, das rechterhand lag, erblickte sie einen riesigen Weihnachtsbaum, der in einer Ecke des zweistöckigen Wohnzimmers in funkelnder Eleganz geschmückt war. Sie gab sich Mühe, nicht auf den Schlitten mitten in der ovalen Halle zu starren, die als zentraler Knotenpunkt diente, denn sie verband den Eingang, den großen Salon und die Korridore, die zu anderen Flügeln des Hauses führten, von denen sie gerade gekommen waren.

»Wofür ist das?«, fragte sie und starrte auf den fast lebensgroßen Schlitten, der mit Girlanden, Lichtern und goldenen Akzenten geschmückt war.

»Die Leute bringen Spenden für bedürftige Familien.«

Chloe zuckte innerlich zusammen. »Das hättest du mir sagen sollen, damit ich etwas hätte mitbringen können.«

Er drückte ihr die Hand. »Du hast gerade alles bei einem Brand verloren. Niemand erwartet von dir, dass du etwas spendest.«

Natürlich nicht, aber das hätte sie gern getan. Allerdings wollte sie auch nicht, dass er sich schuldig fühlte, weil er ihr nichts gesagt hatte, also blickte sie lächelnd zu ihm auf. »Ich bringe morgen etwas vorbei.«

»Derek, Chloe!« Emily kam herbei. Sie trug eine glitzernde goldene Bluse und eine schlichte schwarze Hose, und sie war der Innbegriff der Eleganz. Sie umarmte Derek herzlich, und anschließend Chloe.

»Wie geht es Ashley?«, erkundigte sie sich.

»Ihr Sehvermögen bessert sich zusehends. Sie ist auch sehr verspielt.« Und verschmust. Letzte Nacht hatte sie zusammengerollt neben Chloes Kopfkissen gelegen und leise geschnurrt. Es war ein wundervoll beruhigendes und herzerwärmendes Geräusch zum Einschlafen gewesen – und es war genau das, was Chloe gebraucht hatte.

»Es freut mich, das zu hören. Und heute Abend sehen Sie so schön aus. Kommen Sie, Sie müssen alle kennenlernen.« Damit legte sie Chloe den Arm um die Schultern und führte sie in den großen Saal.

Die Party hatte gerade erst angefangen. Etwa zwei Dutzend Leute standen in Gruppen um den Baum herum, der beim Kamin aufgebaut war, oder sie saßen in einer der Sitzgruppen, die in der Nähe der Fenster verteilt standen. Vom Eingang hinter ihnen waren die Geräusche der Ankömmlinge zu hören und Chloe vermutete, dass die Party schon bald in vollem Gange sein würde.

Harry Connick Jr.'s Stimme erklang aus dem Soundsystem, als Emily sie zum Sitzbereich vor der zweistöckigen Fensterwand mit Blick auf den Garten führte, wo sich eine fünfköpfige Gruppe versammelt hatte. Mindestens eine Person darunter, eine zierliche Blondine, war dem Aussehen nach zu urteilen Emilys Tochter, aber eigentlich fragte Chloe sich, ob sie alle miteinander verwandt waren.

Emily nahm den Arm von Chloes Schultern. »Später werde ich Sie meinem Mann Rob vorstellen – er ist an der Vordertür postiert – aber jetzt können Sie den Rest der Familie kennenlernen. Zumindest die meisten von ihnen. Kinder, das ist Chloe English, Dereks Freundin. Seid nett zu ihr«, mahnte sie, und Chloe war sich sicher, dass sie alle über den Brand ihres Hauses Bescheid wussten. »Ich muss mich ein paar Minuten um das Essen kümmern, aber ich weiß, dass Sie bei Derek in guten Händen sind. Ich verspreche Ihnen, Sie später zu suchen, damit wir hinter seinem Rücken über ihn plaudern können.« Mit diesen Worten schenkte sie Chloe ein verschmitztes Lächeln, das sie auf Derek übertrug, ehe sie sich entfernte.

Chloe schaute zu Derek, der Emily allerdings mit einem unbehaglichen Gesichtsausdruck hinterher sah, was auf seiner Stirn Falten entstehen ließ. Nicht zum ersten Mal wunderte sich Chloe über die Beziehung zwischen Derek und Emily – ja, in der Tat, mit dieser ganzen Familie. Zudem war sie auf sein Haus sehr neugierig und warum Emily offensichtlich geglaubt hatte, er hätte es ihr angeboten.

»Hallo, Chloe.« Eine schlanke junge Frau mit langem, glattem kastanienbraunem Haar, die vor dem mittleren Fenster stand, trat vor und reichte ihr die Hand. »Ich bin Tori. Freut mich, Sie kennenzulernen. Ich kann mich nicht erinnern, wann Derek das letzte Mal eine Freundin zu einer Feier mitgebracht hat.« Sie warf Derek einen fragenden Blick zu. Chloe gelangte zu der Annahme, dass er mit dieser Familie recht vertraut war.

Ein Mann in einem schwarzen Pullover, was seine breiten Schultern betonte und sein hellbraunes Haar hervorhob, stand von einem Ledersofa auf und ergriff ihre Hand. »Hi Chloe, ich bin Hayden.» Er nickte Derek zu. »Gut gemacht.«

Chloe wurde rot. »Ähm, danke. Sehr erfreut, Sie kennenzulernen.«

»Schenken Sie ihm keine Beachtung«, riet die andere junge Frau, die Blondine, die eindeutig Emilys Tochter war. »Ich bin Sara, oder Nummer sechs, wenn Ihnen das lieber ist. Das ist Evan.« Sie deutete auf den Größten von ihnen allen – er war sogar ein paar Zentimeter größer als Derek.

Mit seinem dunkelbraunen Haar und den stechenden grauen Augen wirkte er im Vergleich zu den anderen ein wenig distanziert, aber vielleicht lag das auch daran, weil er am weitesten entfernt saß. Doch dann schenkte er ihr ein kleines Lächeln und Chloe entspannte sich. Er sagte jedoch kein Wort.

»Sie sind das sechste Kind?«, fragte Chloe Sara und bemerkte, dass sie nicht sehr viel jünger aussah als die anderen. »Wie viele gibt es von Ihnen denn?« Sie blickte sich in dem Halbkreis um und zählte sechs, einschließlich Derek. Ihre Bestandsaufnahme ergab auch zwei, die Zwillinge zu sein schienen, wenn sie sich auch nicht ganz sicher war. Einer von ihnen saß in einem großen, bequemen Ledersessel. Schläuche führten von seiner Nase zu einem Sauerstofftank neben dem Sessel. Der andere stand neben ihm und war der am teuersten Gekleidete, mit einem gestärkten espressofarbenen Hemd und einer perfekt gebügelten marineblauen Hose. Mit seinem dichten, wallenden braunen Haar, den blaugrauen Augen und den tiefen Grübchen hielt sie ihn für einen Herzensbrecher, aber sie waren ja alle ungewöhnlich attraktiv. Tolle Gene. Sie warf einen Blick zu Derek hinüber. War er irgendwie ... verwandt? Sie erkannte keine Ähnlichkeit, und doch schienen sie alle so vertraut miteinander zu sein.

Der Herzensbrecher lenkte ihre Aufmerksamkeit mit einem beredeten, interessierten Blick auf sich. »Sie wissen nicht, wie viele wir sind?«

Chloe sah Derek an und fragte sich, was er ihr noch hätte berichten sollen. »Sollte ich das?«

Mit einem kleinen Lächeln im Gesicht schüttelte der Herzensbrecher den Kopf. »Ich denke nicht. Das ist ... erfrischend. Ich bin Liam. Es ist mir ein Vergnügen, Sie kennenzulernen.« Mit echter Herzlichkeit schüttelte er ihr die Hand.

Der Zwilling auf dem Stuhl lächelte sie an. »Liam ist ganz außer sich, dass Sie noch nichts von uns gehört haben. Von den Archer Sechslingen?« Chloe sah sich verwirrt um. »Ähm, nein? Tut mir leid.« Jetzt war ihr die Sache peinlich und sie warf Derek einen leicht verärgerten Blick zu.

Derek trat an ihre Seite. »Glaubt ihr, ich nenne euch Loser beim Namen, um Mädchen aufzureißen? Kriegt euch wieder ein.« Er warf Liam einen gereizten Blick zu, und einen Moment lang schien die Lage angespannt.

Dann fing Liam an zu lachen, und bald waren sie alle am Lachen. Chloe schaute die anderen verdutzt an. Was war so lustig?

»Oh, Sie Ärmste. Sie sind über eine Art Insider-Witz gestolpert«, meinte Hayden. »Klärt sie auf, Leute, kommt schon.«

»Es ist bemerkenswert, dass Sie, wenn man Ihr Alter bedenkt, noch nichts von uns gehört haben«, meinte Tori immer noch lächelnd. »Bis Ende der neunziger Jahre waren wir ziemlich populär.«

Chloe wusste immer noch nicht, wovon sie sprachen.

»Wir hatten unsere eigene lächerliche Fernsehsendung«, erklärte Liam. »*Sieben ist genug.* Der Name war eine Anspielung auf die Fernsehsendung *Eight Is Enough* aus den Siebzigern.« Der Spott in seinem Tonfall machte seine Meinung zu der ganzen Angelegenheit deutlich.

»*So schlimm war es gar nicht*«, meinte der Zwilling im Sessel. »Ich bin übrigens Alex. Er zeigte auf jedes Geschwisterkind, als er ihren Namen sagte: »Liam, mein Zwilling, Tori, Evan, Sara. Und Hayden, aber er gehört nicht zu den sechs.«

»Ich bin das siebte ‚Ups‘-Kind«, sagte Hayden grinsend.

»Offensichtlich sollte man nach vielen Fruchtbarkeitsbehandlungen nicht davon ausgehen, dass es einem in Sachen Fruchtbarkeit noch an etwas mangelt.«

Chloe versuchte, all dem Gesagten zu folgen. Fünf der sechs waren hier, was erklärte, warum Emily gesagt hatte, dass »die meisten« von ihnen anwesend waren. »Es gab also früher eine Fernsehsendung über Sie alle?« Sie versuchte sich daran zu erinnern, ob sie jemals davon gehört hatte, aber beim besten Willen konnte sie sich an nichts dergleichen erinnern.

»Ja, und die Tatsache, dass Sie sie noch nie gesehen haben, macht Sie zum besten Mädchen, das Derek je hätte mitbringen können«, sagte Liam.

»Sie kommt aus Pittsburgh, und deshalb kennt sie die Sendung nicht«, sagte Hayden. Derek hatte mit ihnen über sie gesprochen. Ja, das waren enge Freunde von ihm. Es gab so vieles, was sie noch nicht über ihn wusste, so viele Dinge, von denen sie nicht erwartete, sie je zu erfahren.

»Sie haben die dämliche Show in Pittsburgh übertragen«, meinte Tori mit der Überlegenheit, die man einem jüngeren Geschwisterchen entgegenbringt. Als mittleres Kind war Chloe im Austeilen und Einstecken sehr geübt. »Es war wurde landesweit ausgestrahlt, wenn du dich erinnerst.«

»Wie könnte ich das vergessen? Aber das ist doch schon fünfzehn Jahre her.«

Hayden verdrehte die Augen. »Gut, dass Kyle nicht hier ist, sonst hätten wir eine weitere epische Debatte am Hals.«

Derek, der neben ihr stand, erstarrte. Besorgt blickte sie zu ihm auf.

»Kyle liebte die Show. Derek und er waren mal beste Freunde«, sagte Hayden und verstand die wortlose Kommunikation zwischen Chloe und Derek genau. »Bevor Kyle nach Key West abgehauen ist, um sich mit Bikini-Babes herumzutreiben.«

»Und er ist nicht gekommen, weil sein Job als Barkeeper *so* anstrengend ist«, meinte Sara noch stirnrunzelnd.

Kyle war Barkeeper? Er unterschied sich also gar nicht so sehr von Derek. Sie ertappte sich dabei, wie sie ihn in Schutz nahm. »Vielleicht ist es so. Vielleicht konnte er sich nicht freinehmen, besonders wenn er in ein paar Wochen über die Feiertage nach Hause kommt.»

»Das tut er nicht.« Sara hielt den Blick auf den Weihnachtsbaum gerichtet, und ein Anflug von Enttäuschung lag auf ihren Zügen und in ihrem Tonfall.

Sie wollte die Stimmung auflockern, zum einen, weil ihre eigene Traurigkeit unter der Oberfläche schwebte, und zum anderen, weil sie mehr über Dereks Beziehung zu diesen Leuten wissen wollte, und wandte sich an Derek. »Warst du in der Show, oder war das, bevor du sie kanntest?«

Derek nickte langsam. »Ich habe in ein oder zwei Folgen mitgespielt. Sie hatten gerade mit den Dreharbeiten begonnen, nachdem ich hierhergezogen war.«

Hayden lachte plötzlich laut auf. »O Gott, erinnerst du dich an die Episode zu ihrem zehnten Geburtstag?«

Derek strich sich mit der Hand über die Stirn und lächelte schmerzhaft. »Ich versuche, das nicht zu tun.«

Neugierig schaute Chloe zu den Geschwistern, die alle lächelten und mitfühlend nickten.

Tori nippte an ihrem Wein. »Wir hatten diese riesige Party, um unser erstes Jahrzehnt zu feiern. Mom und Dad haben den Garten in eine Mini-Kirmes verwandelt.«

»Ich glaube nicht, dass das Mom und Dad waren«,

meinte Evan, und seine tiefe Stimme durchbrach die gute Stimmung. Oder vielleicht lag es daran, dass er nicht wie die anderen lächelte. »Ich bin mir ziemlich sicher, dass die Produzenten dahintergesteckt haben.«

»Genau«, pflichtete Tori ihm bei und nickte. »Es gab jedenfalls auch Ponyreiten.«

»Bitte nicht«, bat Derek mit flehendem Blick.

»Was?« Chloe blickte ihn an, aber er starrte mit einem resignierten Gesichtsausdruck auf den Boden. Sie richtete ihren Blick auf Tori. »Was?«

»Derek hatte sich vor den Ponys gefürchtet«, antwortete Liam, in dessen Augen sich Lachfalten bildeten.

»Ponys? Du hattest Angst vor Ponys?«, fragte Chloe.

Derek weitete seine Augen mit einem Ausdruck, der eindeutig »Was ist schon dabei?« sagte, und das auf die urkomischste Art und Weise. »Ich war ein Stadtkind, bevor ich hierhergezogen bin. Die einzigen Tiere, die ich dort gesehen habe, die größer waren als ein Hund oder eine Katze, lebten in einem Zoo.«

»Wir haben ihn überredet, auf einem zu reiten«, sagte Hayden, woraufhin sowohl Tori als auch Sara lachen mussten. Sogar Evan hatte endlich ein Lächeln aufgesetzt.

Liam stützte seine Hüfte gegen Alex' Sessellehne. »Kyle hatte ihm hundert Dollar versprochen.«

»Obwohl er nie vorhatte, sie ihm zu bezahlen«, berichtete Alex. »Das war, bevor Kyle und Derek die besten Freunde wurden.«

Sara und Tori konnten mit dem Kichern nicht aufhören und jetzt lachte auch Hayden.

»Da anscheinend niemand die Geschichte herausbekommt«, sagte Derek, »genügt es zu sagen, dass mein erster Ponyritt mit einem Satz im Pool endete.«

Das Lachen wurde lauter. Hayden holte tief Luft. »Die

ganze Sache wurde perfekt auf Film festgehalten. Derek flippte auf dem Rücken des kleinsten Ponys auf dem Hof aus. Dann galoppierte das Pony in Richtung Pool davon. Alle lachten – oder schrien, im Fall von Mom und Dad – und dann kommt das Pony urplötzlich neben dem Pool zum Stehen, worauf Derek den Halt verliert und hineinfällt.«

Chloe lachte mit, doch dann hielt sie abrupt inne. »Moment mal. Er hätte sich wirklich verletzen können.«

Liam zuckte mit den Schultern. »Wir waren zehn. Glauben Sie, das hätte Kyle etwas ausgemacht?« Er beäugte Chloe genau. »Sie müssen Einzelkind sein.«

»Das bin ich nicht.« Und sie verstand auch, warum Zehnjährige nicht darüber nachdachten, was passieren könnte, wenn sie ein verängstigtes Kind auf ein Tier setzten, geschweige denn neben einem Pool. Sie sah Derek an. »Sag mir wenigstens, dass du schwimmen konntest.«

»Sicher.«

»Aber er hat so getan, als könnte er es nicht«, meinte Tori, und ihre blaugrünen Augen leuchteten. »Er hat geschrien und um sich geschlagen, alle sind ausgeflippt, sogar der Kameramann. Mindestens zwanzig verschiedene Leute sprangen in den Pool, um ihn zu retten. Kyle hat sich so viel Ärger eingehandelt.«

Nun dämmerte es Chloe. Sie grinste Derek an. »Du wusstest ganz genau, was du da getan hast.«

Er verschränkte die Arme vor der Brust, sein Lächeln strahlte eine sexy Portion Stolz aus. »Natürlich.«

Chloe lachte. »Was ist mit Kyle passiert?«

»Er musste Derek die hundert Dollar von seiner Gage für diesen Vorfall abgeben«, antwortete Sara, die sich wieder gefangen hatte.

»Meine Mutter hat Kyle und mich dazu gebracht, das

Geld an das örtliche Tierheim zu spenden«, meinte Derek mit gespielter Verärgerung.

»Und danach wurden sie Freunde.« Sara lächelte Derek auf ganz schwesterliche Weise an. »Beste Freunde.«

Chloe rückte näher an Derek heran und spürte einen Anflug von Stolz auf den Jungen, der sich in dieser beeindruckenden Gruppe behauptet hatte.

»Ich glaube, wir haben jetzt genug von den Erinnerungen«, meinte Derek mit verschränkten Armen, doch dann berührte er Chloe an der Schulter. »Willst du etwas zu trinken?«

»Klar, ein Glas Rotwein wäre großartig.«

Er gab ihr einen flüchtigen Kuss auf die Stirn und ging.

»Und da geht der Golden Boy«, meinte Evan. »Kein Wunder, dass Kyle gegangen ist.« Doch dann merkte Evan, dass er etwas gesagt hatte, was er nicht hätte sagen sollen, und mit niedergeschlagenem Blick murmelte er: »Entschuldigung« und verschwand in die gleiche Richtung wie seine Mutter.

»Evan ist ein bisschen schüchtern«, sagte Tori. »Er wird später wieder aus seinem Schneckenhaus herauskommen.«

Schüchtern und vielleicht im Besitz eines defekten Feingefühls. Das würde sie ihm nicht übelnehmen. Sie kannte viele Leute, wie beispielsweise ihre Mutter, die ihre Meinung einfach nicht für sich behalten konnten. Chloe war sehr neugierig auf die Freundschaft zwischen Derek und Kyle und darauf, wie es dazu kam, dass sich die Dinge verschlechtert hatten. Dann wandte sie sich an Hayden, weil er ihr bisher am freundlichsten erschien. »Warum hat Evan ihn den Golden Boy genannt?«

»Weil Derek das Beste der Archer-Kinder ist«, antwortete Liam. »Na ja, zusammen mit Hayden, dem Deppen.« Er hob sein Glas zum Toast an seinen jüngeren Bruder.

»Aber Derek ist doch kein Archer, oder?« Chloe fragte sich plötzlich, ob er ein lange verschollenes uneheliches Kind oder so etwas war. Vielleicht hatte er ihr deshalb nicht viel über die Archers erzählt. Aber das war natürlich albern. Er hatte ihr nicht viel erzählt, weil sie sich erst vor ein paar Tagen kennengelernt hatten.

Liam nippte an seinem Getränk. »Nein, das ist er nicht, aber er könnte es sehr gut sein. Von uns allen ist er mit dem größten Tatendrang und dem größten Ehrgeiz gesegnet. Das erfüllt Dad mit solchem Stolz. Und deshalb ist er über uns mehr als nur ein bisschen verärgert.«

Hayden schüttelte den Kopf. »Stimmt, weil ihr alle ein Haufen Möchtegerns seid. Tori mit ihrem weltumspannenden Job, Evan mit seinen Abschlüssen, Sara mit ihrem erfolgreichen Eventplanungsgeschäft und du auf bestem Wege, halb Denver dein Eigen zu nennen. Wie auch immer.«

All das geriet in den Hintergrund, als Chloe sich auf Liams Worte konzentrierte. »Derek ist ehrgeizig?« Um was zu tun, Feuerwehrchef zu werden?

Liam zog eine Schulter hoch. »Klar. Wie sonst wird man mit siebenundzwanzig Finanzleiter?«

Derek war Finanzleiter?

»Vetternwirtschaft?«, bot Tori an, während sie ihr Weinglas an die Lippen führte.

Mehrere aus der Gruppe schmunzelten.

»Klugscheißer«, konterte Hayden mit einem Hauch von Feuer. Sein Blick war finsterer geworden und sie spürte, dass seine Abwehrbereitschaft zugenommen hatte. »Derek und ich schuften uns den Arsch ab. Wir haben uns unsere Positionen redlich verdient.«

»Ist Derek nicht Feuerwehrmann?«, fragte Chloe, die

sich ziemlich dumm vorkam und diesen Zustand zutiefst verabscheute.

»Freiwilliger«, stellte Sara klar. »Das sind die meisten von ihnen, weil wir hier draußen so ländlich sind. Dachten Sie, es wäre sein Beruf?«

Das und eine Teilzeitstelle als Kellner in der Kneipe, der er augenscheinlich nur nachkam, weil er Finanzleiter war und die Kneipe unterbesetzt war. Getrieben? Richtig. Ehrgeizig? Hörte sich ganz danach an. Mit mehreren Jobs verheiratet, einschließlich ehrenamtlicher Tätigkeiten? Verdammt ja. Er war genau wie Ed. Genau die Art von Mann, die sie nicht heiraten wollte. Warum hatte Derek ihr nichts von seinem richtigen Job erzählt? Bedachte man noch dazu, dass er ihr eine feste Bleibe angeboten haben sollte, musste sie sich fragen, was für ein Spiel er spielte. Die Wärme, die seit Betreten des Archer Hauses in ihrer Brust aufgekeimt war, verflüchtigte sich und wurde von einem Gefühl kalter Enttäuschung ersetzt.

»Würden Sie mich entschuldigen?« Sie beugte sich zu Sara und Tori vor, die nebeneinanderstanden. »Wo kann ich mich frisch machen?«

»In der nördlichen Galerie gibt es eine Damentoilette«, meinte Tori und deutete nach links.

»Oder Sie könnten nach unten gehen«, schlug Sara vor, deren blauen Augen funkelten, als sie ihr ein kleines Lächeln schenkte. »Dort unten gibt es an beiden Enden des Korridors Toiletten.«

»Danke.« Chloe setzte ein Lächeln auf, das sie nicht verspürte. »Hat mich gefreut, Sie alle kennenzulernen. Ich bin sicher, dass wir uns später noch sehen.«

»Was ist mit Derek?«, fragte Hayden, als sie sich umdrehte.

Sie blickte über ihre Schulter zurück. »Sagen Sie ihm, ich würde ihn gleich suchen.«

Sie brauchte nur ein paar Minuten, um ihre Gedanken zu sammeln. Und um zu dem Schluss zu kommen, ob sie wirklich etwas mit einem weiteren karriereorientierten Alphatier zu tun haben wollte, anstatt mit einem familienorientierten Feuerwehrmann/Kellner. Wie sehnlichst wünschte sie sich, dass er das wäre.

Derek ging die Treppe hinunter und jonglierte mit seinem und Chloes Weingläsern. Als er von der Bar zurückkam, hatte Hayden ihm mitgeteilt, dass Chloe gegangen war, nachdem sie erfahren hatte, dass er Finanzvorstand bei Archer war. Sie schien beunruhigt zu sein, aber Hayden konnte sich den Grund dafür nicht erklären. Und Derek auch nicht. Nachdem er festgestellt hatte, dass sie nicht im oberen Badezimmer war, war er nach unten gegangen, um sie zu suchen.

Später würden sie die Party hier unten in die Bar verlegen und den Billardtisch benutzen oder in der Spielnische Poker spielen. Im Moment war allerdings alles leer. Es gab zwei Toiletten, die sie benutzen konnte, und er wollte sie nicht belästigen, also ging er zur bogenförmigen Bar und stellte die Weingläser dort ab.

Nachdem er ein paar Minuten gewartet hatte, vernahm er ein Geräusch hinter sich. Er drehte sich um und ging in das einzige Schlafzimmer auf dieser Etage - seins.

Chloe stand drinnen und betrachtete mit großen Augen seine Trophäen, die Poster der *Herr der Ringe*-Filme und die Pinnwand mit verschiedenen Fotos aus seiner Jugendzeit, auf denen meist die Archers zu sehen waren.

»Das ist dein Zimmer«, sagte sie, ohne ihren Blick von der Pinnwand zu nehmen.

»Ja. Ich bin mit siebzehn zu den Archers gezogen, nachdem meine Mutter gestorben war.«

Sie drehte sich um und sah ihn an. Ihre haselnussbraunen Augen waren dunkel, ihre Gesichtszüge angespannt. »Es tut mir so leid. Ich wusste nicht, dass du deine Mutter verloren hattest, als du noch so jung warst. Aber es gibt wohl vieles, was ich nicht über dich weiß, Mr. Finanzleiter.«

»Ist das eine große Sache?«, fragte er und ging weiter in den Raum hinein.

»Ich dachte, du wärst Feuerwehrmann. Und dass du in einer Kneipe arbeitest.«

Er konnte sich ein kleines Lächeln nicht verkneifen. »Und das ist besser?«

Sie zuckte mit den Schultern. »Vielleicht. Du bist nur nicht ganz der, für den ich dich gehalten habe. Du bist ein supererfolgreicher Typ aus einer großen, anscheinend sehr gut betuchten Familie.« Sie schaute wieder auf die Poster. »Sind die wirklich von Peter Jackson signiert?«

Derek blickte nach unten und fühlte sich mehr als nur ein bisschen verlegen. Er war sich sehr bewusst, dass er ein verdammter Glückspilz war, in einer Familie wie den Archers gelandet zu sein. »Ja. Er mag Robs Bier.«

Sie schüttelte den Kopf. »Das ist ... verrückt. Du bist definitiv nicht so, wie ich dachte.«

Derek bewegte sich auf sie zu, bis er die Hand ausstrecken und sie berühren konnte, wenn er wollte. Aber er war nicht sicher, ob sie dazu bereit war. Jetzt stand etwas zwischen ihnen. Etwas, das er nicht verstand. »Was dachtest du, was ich bin?«

Sie sah zu ihm auf, ihre Blicke trafen sich. »Ein Feuerwehrmann. Ein Kellner. Ein unkomplizierter Kerl. Ich . . . Das hat mir gefallen.«

»Ich bin freiwilliger Feuerwehrmann und gelegentlicher Kellner und Barkeeper. Und ich bin Finanzleiter. Ich bin immer noch ein einigermaßen unkomplizierter Mensch.«

»Tatsächlich? Man sagt von dir, dass du ehrgeizig wärst und sehr hart arbeitest.«

Dereks Nackenhaare stellten sich auf. »Und ist das etwa schlecht?«

Sie schüttelte rasch den Kopf. »Nein, überhaupt nicht. Es ist nur ...« Sie sah wieder weg. »Es tut mir leid, es liegt an mir, nicht an dir.«

»Die alte 'Es liegt nicht an dir, sondern an mir' Leier? Tut mir leid, das kaufe ich dir nicht ab. Hier knistert eine zu starke Anziehung, als dass wir sie ignorieren könnten.« Er rückte ein wenig näher und zaghaft berührte er ihr Kinn mit den Fingerspitzen. »Oder irre ich mich?«

»Du irrst dich nicht«, entgegnete sie darauf und ihre Blicke trafen sich erneut. »Es liegt an *mir*. Vor sechs Monaten habe ich mit einem Mann Schluss gemacht, der genau wie du ist. Sehr erfolgreich und ehrgeizig.«

Er unterdrückte seine aufflackernde Eifersucht, indem er sich daran erinnerte, dass sie den Idioten abserviert hatte. Aber das Gefühl wurde durch eine Welle der Unsicherheit ersetzt. »Er war wie ich? Woher willst du das wissen?«

»Nun, womöglich weiß ich das nicht. Jedenfalls nicht mit Sicherheit. Aber ich bin nicht an einer Beziehung mit jemandem interessiert, der von seiner Karriere angetrieben wird, und der unmöglich lange arbeitet. Status bedeutet mir nichts.«

Er zog seine Hand von ihrem Gesicht zurück. »Langsam! Status? Nur weil ich hier wohne«, er breitete die Arme angesichts des übergroßen Schlafzimmers aus, das nur eines von vielen in diesem Haus war, »heißt das noch lange nicht, dass mir das nicht ebenfalls egal ist. Ich arbeite hart, weil ich so erzogen wurde. Ich liebe meinen Beruf, aber er macht mich nicht aus.«

Chloe blinzelte ihn an. Sie schien ein wenig sprachlos zu sein.

Er ließ die Arme sinken und stieß die Luft aus. »Tut mir leid, aber solche Unterstellungen kannst du einfach nicht machen. Ja, ich bin erfolgreich, und ja, ich bin ehrgeizig. Aber ich habe auch das Glück, diesen Dingen nachgehen zu können, wo ich gerne bin, und mit Menschen, die ich respektiere und bewundere.«

Ihr Blick wurde weicher. »Du *hast* Glück. Und ich liebe es, dass du das weißt.«

»Was soll das bedeuten?«

»Das heißt, dass ich ein bisschen dumm bin.« Sie wurde rot. »Und voreingenommen. Es tut mir leid. Ich hätte dich nicht mit Ed in einen Topf werfen sollen.«

»Ed?«

»Mein Ex. Ihm geht es vor allem darum, erfolgreich zu sein, damit er sich den Mercedes kaufen kann, den er wirklich will, oder damit er ein Haus in Mount Lebanon erstehen kann.«

»Mount Lebanon?«

Sie zog ein Gesicht. »*Der* beste Ort zum Leben in Pittsburgh, laut Ed.«

»Verzeihung, aber er klingt wie ein Idiot.«

Sie lachte. »Du verstehst, warum ich die Hochzeit abgesagt habe.«

»Du warst *verlobt*?« Ihm wurde bewusst, dass es eine Menge Dinge gab, die er auch über sie nicht wusste, und er entspannte sich wegen ihrer Reaktion auf seinen Beruf.

Vielleicht hatten sie eine so starke Verbindung gespürt, da sie beide dachten, sie würden sich besser kennen, als sie es taten. Was albern war. Sie mussten es ein bisschen langsamer angehen.

»Lass uns noch einmal anfangen«, schlug er vor. Er trat einen Schritt zurück und streckte seine Hand aus. »Hi, ich bin Derek Sumner. Ich bin der Finanzchef von Archer Enterprises. Ich habe nach meinem Abschluss am Williver College angefangen, für sie zu arbeiten. Meine Mutter starb, als ich in der Highschool war, und ich kam hierher zu den Archers, die ich als meine Familie betrachte.«

Chloe schüttelte ihm die Hand. »Ich bin Chloe English. Meine Eltern sind eher, ähm, mit ihrem Platz in der Pittsburgher Gesellschaft beschäftigt, was ich äußerst langweilig finde. Ich habe meinen Abschluss an der Carnegie Mellon mit einem Diplom in Design gemacht. Ich bin das mittlere Kind – ein älterer Bruder, eine jüngere Schwester – und habe nie das Gefühl gehabt, dazu zu gehören. Also bin ich hierhergezogen, um mir einen eigenen Platz zu suchen, aber, na ja, den Rest kennst du ja.« Das Licht in ihren Augen wurde schwächer, und sie wandte den Blick ab.

Er kam näher und strich mit den Fingerspitzen über ihren Bizeps. »Hey, denk nicht an das Feuer. Nicht heute Abend.«

»Das ist es nicht.« Blinzelnd sah sie zu ihm auf. »Okay, das ist es schon, aber nicht aus den Gründen, die du vielleicht denkst. Hast du ein leerstehendes Haus?«

Mist. Das Haus. Er hätte das Thema sofort ansprechen sollen. »Ja«, sagte er langsam. »Ich wollte es dir heute Abend anbieten.«

Ihr Blick war zurückhaltend. »Du sagst das nicht nur, weil ich es erwähnt habe?«

»Nein.« Er schlang die Hände um ihre Schultern. »Hör

zu, Chloe, ich mag dich wirklich. Mein Haus ist ... es ist kompliziert. Ich überlege, es zu verkaufen, aber im Moment ist es ein guter Platz für dich.«

Sie war einen Moment lang still, schreckte aber nicht vor seiner Berührung zurück. »Wie hoch ist die Miete? Ich habe ein knappes Budget.«

»Ich weiß. Bezahle einfach, was du bei McMurtry bezahlt hast.«

Ihre Augen weiteten sich kurz, und sie schüttelte einmal den Kopf. »Ich will dein Mitleid nicht.«

Die Frustration über den Verlauf des Abends kochte über. »Glaubst du, ich würde das für dich empfinden?«

Ihr Blick blieb an seinem hängen. »Ich weiß es nicht.«

»Dann will ich es dir zeigen.« Er zog sie an seine Brust und senkte seine Lippen in einem leidenschaftlichen Kuss auf die ihren, denn plötzlich war er von dem Bedürfnis überwältigt, sie zu berühren und zu schmecken und ihr zu beweisen, dass sie kein Fall für Mitleid war. Nicht für ihn.

Er schlang seine Arme um ihren Rücken und hielt sie fest, aber dem Griff ihrer Hände um seinen Hals nach zu urteilen, würde sie ohnehin nicht weglaufen. Sie erwiderte seinen Kuss mit der gleichen Ungeduld, die auch er verspürte. Sie fühlte sich so gut an ihm an, ihr Körper presste sich an seinen, ihr Mund öffnete sich unter seinen Lippen und ihre Zunge lud seine in ihre Hitze ein.

Der Kuss dauerte mehrere Minuten, bis Derek merkte, dass er sich zusammenreißen musste, bevor er sie auf sein Bett legen würde. Er brach den Kuss ab und lehnte seine Stirn gegen ihre. »Wir stehen mitten in meinem Schlafzimmer, weißt du das?«

»Richtig«, sagte sie und klang atemlos. »Aber es ist ja nicht so, als hättest du mich hierhergelockt, um dein Aquarium zu bewundern. Ich bin freiwillig hier, und ich gehe nirgendwo hin.« Ihr Blick huschte zur Seite. »Du hast nicht einmal ein Aquarium. Wie bringst du die Mädchen dazu, hierherzukommen?«

»Der Weinkeller ist nebenan.« Er drückte seine Lippen für einen heißen Kuss auf ihre, dann zog er mit den Zähnen an ihrer Unterlippe, bevor er sagte: »Willst du den Weinkeller sehen? Er ist sehr gut bestückt.«

»Mich interessiert mehr, wie gut du bestückt bist«, sagte sie und drückte ihren Körper fest an seinen. »Zeig mir den Weinkeller später.«

»Okay.« Er setzte den Kuss fort, und sie kam ihm mit ihrer erregender Zunge entgegen, um ihn dazu zu bringen, in ihren Mund zu gleiten. Gott, sie schmeckte großartig, nach Minze und Zitrone. Frisch und verführerisch. Es war lange her, dass er mit jemandem geknutscht hatte, aber er war sich nicht sicher, ob er es jemals mit solchem Feuereifer getan hatte.

Das Gefühl ihrer Brüste an seiner Brust und ihrer Schenkel, die sich eng an die seinen schmiegten, versetzte ihn in einen Zustand der vollen Erregung. Er hielt ihren Kopf fest und küsste sie innig. Er wollte mehr von ihr. So viel, wie er bekommen konnte.

Ihre Finger verflochten sich in seinen Haaransatz, umklammerten seinen Nacken und hielten ihn fest. Vielleicht war es diese Verbindung zwischen ihnen, aber jede Berührung fühlte sich wie Magie an.

Er ließ seine Handflächen über ihren Rücken gleiten und genoss die Wärme, die durch das dünne Gewebe ihres Pullovers drang. Heute Abend sah sie so gut aus und roch auch so gut. Ihr Parfüm war eine Art Vanille und etwas Kräuterartiges, oder vielleicht war es Kiefer. Er atmete ein und stellte fest, dass die Kiefer aus ihrem Haar kam. Als seine Hände sich an ihrer Taille niederließen, drängte sie sich an ihn, ihre Hüften wippten gegen seine und schürten das Feuer seines Verlangens noch weiter.

Er löste seinen Mund von ihrem und küsste ihre Kieferpartie. Sie wölbte ihren Hals, um ihm besseren Zugang zu gewähren.

»Ich denke, wir sollten wieder nach oben gehen«, sagte sie mit heiserer Stimme.

»Das sollten wir wahrscheinlich.« Dann hob er den Mund erneut an ihren und ihre Lippen trafen sich.

Sie ließ die Hände über seinen Rücken hinabwandern, und dann schob sie sie unter den Saum seines Hemdes, wo sie sich dann um seine Taille legten. Ihre Fingerspitzen streiften seine Haut und beinahe hätte er aufgestöhnt.

Er folgte ihrem Beispiel und ließ seine Hand an ihrer Seite hinaufgleiten, ehe er die Unterseite ihrer Brust ganz leicht mit seiner Hand umfasste. Ihn verlangte es danach, seine Hand ganz darum zu legen und sie in ihre Brustwarze zu zwicken, aber er wollte nicht zu voreilig sein. Es sei denn ... sie grub die Finger in sein Fleisch, und mehr brauchte er nicht als Anreiz. Also tastete er nach dem Saum ihres Pullovers und schob seine Hand darunter. Sie war so heiß und ihre Haut so zart.

Dann sanken sie auf sein Bett. Wie waren sie überhaupt neben das Bett gelangt? Die letzten Minuten waren wie in einem Dunst vergangen. Es war ein wunderbarer, köstlicher Dunst. Sie legte sich so zurecht, dass sie unter ihm lag und ihre Beine verflochten waren. Dann rutschte sie höher und er folgte ihr, indem er sein rechtes Bein zwischen ihren platzierte. Knapp unterhalb des Hosenbundes ließ sie ihre Finger über seine Jeans gleiten. Bei ihrer Berührung musste er zucken und dabei stieß er mit seinen Hüften gegen ihre.

Er schob den Saum ihres Pullovers nach oben und

entblößte ihren Bauch. Mit dem Daumen fuhr er über die seidige Fläche und ließ seine Hand über ihren Brustkorb gleiten. Wieder löste er sich von ihrem Mund, um eine neue Stelle zu finden, und dieses Mal galt seine Aufmerksamkeit ihrem Hals, wo er dann an ihrer Haut leckte und knabberte. Sie stöhnte leise auf und spreizte die Beine.

Die weihnachtliche Musik, die über die Lautsprecheranlage im Partybereich vor seinem Zimmer ertönte, verschwand in den Hintergrund, als sich Stimmen näherten, welche die Melodie unterbrachen.

Als Derek einfiel, dass die Tür sperrangelweit offen stand, erstarrte er. Noch waren die Eindringlinge nicht in der Nähe, doch die Bar im Erdgeschoss befand sich nur etwa zehn Meter von seiner Tür entfernt. Er zog seinen Kopf von Chloes köstlichem Hals zurück und erkannte, dass auch sie die Stimmen gehört hatte. Sie hatte die Augen weit aufgerissen, und ihre Haut war nicht mehr so gerötet wie noch kurz vorher.

Mit einem innerlichen Stöhnen rollte er sich von ihr herunter und sprang vom Bett auf. Er hielt ihr die Hand hin.

Dankbar ergriff Chloe die Hand und richtete sich auf. »Danke.« Sie trat vor den Spiegel, der neben dem Schrank hing, und strich ihr Haar glatt.

Er stellte sich hinter sie und sein Blick fand den ihren im Spiegel. »Es ist mir ein Vergnügen.« Er grinste albern. »Wirklich, mein Vergnügen. Das war ... fantastisch.«

»Kein Bedauern?«, fragte sie zaghaft.

»Nur, dass wir unterbrochen wurden«, entgegnete er teuflisch.

Sie drehte sich zu ihm um und wurde rot. »Wir sollten wahrscheinlich wieder nach draußen gehen.«

»Das sollten wir wohl. Ich habe unseren Wein auf die Bar gestellt, also sollten wir ihn zumindest verteidigen.«

Sie stellte sich auf die Zehenspitzen und drückte ihm einen flüchtigen Kuss auf den Mund. »Dann kannst du mir den Weinkeller zeigen.« Ihr Blick wurde verführerisch, und er war sich recht sicher, dass er zumindest mit einer Mini-Knutsch-Session in Robs Weinkontor rechnen konnte.

Er ergriff ihre Hand. »Auf jeden Fall.«

So viel dazu, die Dinge langsam angehen zu lassen.

Kapitel Sechs

achdem Chloe am nächsten Tag Dereks schönes Haus in der Fifth Street besichtigt hatte, fühlte sie sich wie auf Wolken. Es war ein altes viktorianisches Haus mit einer bezaubernden Veranda an der Vorderseite – die sogar eine Schaukel hatte. Das Innere war allerdings komplett modernisiert worden, und die Arbeitsflächen in der Küche waren aus Granit, die Geräte aus Edelstahl und alles war in warmen Farben gehalten. Ein Mitarbeiter von Robs Hausverwaltungsfirma hatte sie abgeholt, da Derek den Tag mit seiner »Familie« verbrachte, bevor die meisten Kinder wieder abreisen würden.

Auf der Fahrt zurück zu ihrer Wohnung bedauerte sie ein wenig, die Archers so schnell wieder zu verlassen. Sie mochte die Familie, und die Wohnung war mehr als gemütlich – einer etwas schlaflosen Nacht zum Trotz, aufgrund sich wiederholender Träume über sich selbst, einem superheißen Finanzleiter und einem Weinkeller.

Bei der Erinnerung daran, wie großartig der vergangene Abend verlaufen war, musste sie lächeln. Nach ihrem Rendezvous im Weinkeller hatte er eine ausführliche

Führung durch das Haus mit ihr unternommen und sie dabei mit einer Vielzahl von Geschichten über die Archers unterhalten. Ihr fiel allerdings auf, dass er über seine eigene Familie nicht sehr viel erzählte, doch andererseits war er auch bereits seit einem Jahrzehnt bei den Archers, und sie fragte sich, ob ihm die Erinnerung daran schwerfiel, wie es früher gewesen war. Oder vielleicht war es zu schmerzhaft. Dieser Gedanke stimmte sie traurig. Sie genoss die ständige Gesellschaft ihrer Eltern nicht gerade, doch sie liebte die beiden und sie wäre am Boden zerstört, wenn ihnen etwas zustoßen würde.

Sie bog in die Einfahrt ein und fuhr dann an dem Wasserfall vorbei. Als sie den Innenhof erreichte, fiel ihr Blick auf Dereks Geländewagen und sie grinste.

Dann schnappte sie sich ihre Handtasche, stieg aus ihrem Civic aus und ging zur Tür zum Hinterraum. Sie zauderte und schwankte zwischen Anklopfen und sich selbst hereinlassen. Gestern Abend hatte Emily ihr gesagt, sie könne kommen, wann immer ihr danach sei – sogar um Mitternacht, um den Kühlschrank zu plündern. Sie hatte sie sogar ausdrücklich dazu ermutigt, da sie noch keine Gelegenheit gehabt hatten sich über Derek auszulassen, und sie freute sich schon darauf, Chloe alles zu erzählen.

Chloe lächelte vor sich hin, öffnete die Tür und trat ein. Während sie ihren Mantel und ihre Handtasche an einen Haken hängte, rief sie: »Hallo?«

»Hier drin!«, antwortete Emily.

Chloe drehte sich um und lenkte ihre Schritte in Richtung Küche, doch Derek kam ihr auf dem kurzen Flur entgegen, der vom Hinterraum abzweigte. »Hey«, sagte er, fasste sie um die Taille und gab ihr einen kurzen Kuss.

Ein Gefühl der Wärme durchflutete Chloe, als sie zu ihm hochlächelte. »Selber hey.«

In seinen ausgeblichenen Jeans und einem bequemen grünen Pullover mit V-Ausschnitt und einem grauen T-Shirt sah er wie stets einfach atemberaubend aus. Schwache Schatten zierten die Haut unter seinen Augen, was sie zu der Frage veranlasste: »Wie hast du geschlafen?«

Hitze trat in seinen Blick, als er ihr einen vielsagenden Blick zuwarf, der auf den unteren Körperregionen verweilte. »Unruhig.« Dann schenkte er ihr ein Lächeln. »Na komm, trinken wir einen Kaffee. Oder Bier. Irgendjemand trinkt immer Bier.«

Chloe legte ihren Arm um ihn, als sie auf die Küche zugingen.

»Hi, Chloe!« Sara begrüßte sie mit einem kleinen Winken. Gestern Abend hatten sie ein wenig geplaudert, und Chloe mochte Sara wirklich gern. Sie war ein wenig eigenartig, weil sie zwar kontaktfreudig war, aber auch zu zaudern schien. Später hatte Derek erklärt, dass Sara insbesondere in geselliger Runde hart arbeiten musste, um bestimmte Worte zu finden. Dieses Handicap war Bestandteil ihrer Wahrnehmungsstörung, doch inzwischen konnte sie viele der Herausforderungen, die sich ihr stellten, sehr gut meistern. »Komm und setz dich«, lud Sara sie ein und klopfte dabei auf die Stelle neben ihr auf der Bank.

Chloe bemerkte, dass Alex ebenfalls am Tisch saß, und sie begrüßten einander.

Die Küche bestand aus einem großen Raum mit einer erkerförmigen Seite, die nach hinten hinausging. Mittendrin stand ein quadratischer Tisch, der von einem Sammelsurium von Stühlen und Bänken umgeben war. Ein steinerner Kamin nahm einen Teil der einen Wand ein, und die Fenster mit Blick auf den Garten und den Pool zogen sich an der Rückseite entlang. Es war ein anheimelnder Raum, der zum Essen, Reden und Zusammensein einlud.

Ganz ohne Zweifel war es ein zentraler Treffpunkt und in der Ecke neben dem Kamin stand sogar ein schmaler Weihnachtsbaum. Über dem Kamin hing ein Familienporträt, das nach dem Alter der darauf Abgebildeten etwa fünf Jahre alt sein musste. Gestern Abend hatte Chloe lächeln müssen, als sie bemerkt hatte, dass Derek auch auf dem Bild war. Er mochte vielleicht nicht den Namen der Archers führen, aber ganz eindeutig war er ein Mitglied dieser unglaublichen Familie.

Während sie das Bild studierte, war sie durch ein Ausschlussverfahren auf Kyle gekommen. Sie hatte Derek gefragt, was zwischen ihnen beiden vorgefallen war. Sie waren seit dem Vorfall auf der Geburtstagsparty wohl die besten Freunde gewesen, aber sie hatten unterschiedliche Colleges besucht. Derek war hier in der Stadt geblieben und hatte das Williver College besucht, während Kyle auf die Portland State University gegangen war. Nach seinem ersten Studienjahr hatte Kyle dann auf eine Kochschule gewechselt und dort sehr gut abgeschnitten. Umgehend hatte er eine Stelle als Auszubildender bei einem der besten Köche der Stadt gefunden. Auch weiterhin hatte er Erfolg gehabt, doch dann hatte er seine Stelle verloren, als die Wirtschaft den Bach runterging, und seitdem war es immer weiter mit ihm bergab gegangen. Vor drei Jahren war er nach Florida gezogen, und Derek hatte anschließend kaum noch mit ihm gesprochen. Nicht, weil Derek dies zu Anfang nicht versucht hätte, aber es hatte ganz den Anschein, als wollte Kyle mit allem in Oregon abschließen, was auch seinen besten Freund einschloss.

Chloe konnte Dereks Schmerz über den Verlust seines Freundes spüren, aber sie wusste auch, dass sie rein gar nichts unternehmen konnte, außer ihn zu unterstützen, was sie mit Freuden tat.

Sie setzte sich neben Sara, die ihren Arm um sie legte und sie kurz drückte. Sie hatte bereits herausgefunden, dass Sara andere Menschen gern berührte. Wie Derek ihr erklärt hatte, stellte dies einen weiteren Teil ihrer sensorischen Verarbeitung dar – Berührung gab ihr sensorischen Input, der ihren anderen Sinnen bei der Verarbeitung von Informationen half.

»Kann ich Ihnen einen Kaffee bringen?«, fragte Emily die vom Tisch aufstand.

»Vielleicht will sie lieber ein Bier«, meinte Rob, der Chloe zuzwinkerte und sein eigenes Bierglas hob.

»Tatsächlich wäre ein Bier großartig«, meinte Chloe.

»Ha!« Rob prostete ihr zu, bevor er einen Schluck trank. »Heirate sie, Derek.«

Sara kicherte neben ihr, und Alex lächelte von der anderen Seite des Tisches.

Derek winkte Emily, sich wieder zu setzen. »Ich gehe das Bier holen.« Er trat an die Bar und zapfte zwei Pints von dem Bier, was immer es auch war – es sah nach Saisonbier aus. Gestern Abend hatte sie jedoch gelernt, dass das Küchenfass in der Regel ein einzigartiges Gebräu enthielt, das Rob in seiner Minibrauerei herstellte, die er im Keller unterhielt.

»Es ist dem Nock ein bisschen ähnlich«, meinte Rob, »aber es hat einen reichhaltigen Karamell-Abgang. Ein tolles Bier für die Weihnachtszeit.«

»Klingt lecker.« Chloe bemerkte, dass nur Alex und Sara hier waren. »Wo sind die anderen?«

»Liam und Tori sind etwa vor einer Stunde losgefahren«, meinte Alex. »Hayden und Evan sind irgendwo unterwegs.«

Derek stellte das Bier wieder auf den Tisch und setzte

sich neben sie auf die Bank. Er hob sein Bierglas und stieß mit ihrem an. »Prost!«

Alle anderen hoben ihre Gläser oder Kaffeetassen und stießen an. Chloe hob vergnügt ihr Bierglas und lächelte, bevor sie einen Schluck probierte. Das dunkle Bier schmeckte tatsächlich köstlich nach Karamell.

Emily, die Chloe gegenüber saß, stellte ihre Tasse ab. »Welche Pläne haben Sie denn für die Feiertage, Chloe?«

»Das weiß ich noch nicht.« Chloe war sich Dereks Hitze nur allzu bewusst, als sein Schenkel auf der Bank gegen ihren drückte.

»Sie wollen nicht nach Pittsburgh zurückkehren?«, fragte Sara.

Chloe schüttelte den Kopf. »Ich bin gerade erst von dort fortgegangen. Ich würde Weihnachten gerne hier in meinem neuen Zuhause verbringen.« Sie errötete, als ihr klar wurde, wie man das interpretieren konnte. »Nicht genau *hier*, aber hier in Oregon.«

»Oh, ich denke, Sie sollten es genau hier verbringen«, meinte Emily. »Bitte, ich hoffe, Sie überlegen es sich. Rob bereitet einen wunderbaren Truthahn zu.«

Alex, der neben seiner Mutter saß, meinte: »Und Mama macht eine tolle Füllung und Apfelkuchen.« Dann begann er zu husten, und Emily massierte ihm den Rücken.

Als er sich einen Moment später wieder gefangen hatte, war seine Haut blass geworden. Er atmete schwer, als wäre er eine Treppe hinaufgerannt.

»Okay?«, fragte Emily ihn.

Alex nickte. Chloe wollte kein Mitleid mit ihm haben, denn sie hatte gestern Abend herausgefunden, wie wenig er dieses Mitleid mochte, doch es war wirklich schwer, es nicht zu empfinden. Sie fühlte sich vielleicht als die Außenseiterin in ihrer Familie, aber Alex war das tatsächlich. Von allen seinen Geschwistern hatte er das schlechteste Los gezogen. Während seine Geschwister ihre Träume verfolgten – oder wie offensichtlich in Kyles Fall damit scheiterten –, saß er zu Hause fest, angeschlossen an eine Sauerstoffflasche. Derek hatte seine Sorge geäußert, dass er befürchtete, Alex könnte unter Depressionen leiden und er war sich sehr sicher, dass er einen Therapeuten aufsuchte. Chloe war der Meinung, dass dies wohl das Beste für ihn sei. Sie schenkte Alex ein warmes Lächeln, das dieser erwiderte, wenn es seine blaugrauen Augen auch nicht ganz zu erreichen schien.

Sara wandte sich an Chloe, als hätte es den Hustenanfall nie gegeben. »Hoffentlich kommen Sie zu Weihnachten. Wir sehen uns nachmittags immer *It's a Wonderful Life* im Kino unten an. Mama macht besonderes Weihnachtspopcorn – mit Vanillegeschmack und Zimt und Muskatnuss.«

Chloe sah Derek an. »Du wirst doch hier sein, oder?«

»Das würde ich nicht verpassen wollen.« Er legte seinen Arm um ihre Taille und drückte sie. »Du solltest auch kommen.«

In einer so jungen Beziehung wie der ihren war es keine Kleinigkeit, zwei Wochen im Voraus zu planen. Einer Verabredung zu Weihnachten zuzustimmen, war eine noch gewichtigere Angelegenheit. Als sie dann aber in seine wunderschönen blauen Augen sah, dachte sie, dass sie vielleicht für immer ja sagen würde.

»Gewiss«, antwortete sie, viel ruhiger als sie sich fühlte. Sie löste ihren Blick von seinem, denn sie merkte, dass es ein bisschen peinlich werden könnte, wenn sie nicht achtgaben. Sie mochten zwar begierige Partner in einer neuen Beziehung sein, doch sie hielten sich dennoch bei seiner Familie auf. »Mir ist gerade eingefallen, dass ich Lebensmittel im Auto habe«, meinte sie, was auch stimmte, obwohl sie nicht an einem Tag mit vier Grad Celsius verderben würden. Aber sie war so abgelenkt gewesen, als sie Dereks Auto gesehen hatte, dass sie die Lebensmittel vollkommen vergessen hatte.

»Ich helfe dir«, erbot sich Derek, der genau wusste, dass dies eine gute Gelegenheit für sie war, ein bisschen Zeit allein miteinander zu verbringen.

»Danke«, meinte sie und erhob sich von der Bank.

»Nehmen Sie das Bier mit«, meinte Rob. »Ich hasse es, wenn gutes Bier verschwendet wird.«

»Und kommen Sie um fünf zum Abendessen«, schlug Emily vor. »Es gibt Schweinelendchen mit Preiselbeerfüllung. Ich liebe diese Jahreszeit.« Chloe konnte die Zufriedenheit in ihrer Stimme heraushören und fragte sich, ob ihre eigene Mutter jemals so geklungen hatte.

»Danke, das wäre großartig. Sie sind unglaublich.« Chloe blickte sich am Tisch um. »Ich weiß nicht, wie Ihre Kinder es ertragen können, wegzuziehen. Wenn Sie meine Familie wären, wäre ich nie von daheim fortgegangen.«

Angesichts des Mitgefühls in Emilys Blick schlug Chloe den Blick nieder. Sie hatte ihnen nicht offenbaren wollen, dass ihre Familie nicht gerade erstklassig war. Die Archers waren so wunderbar, und wenn es nach Chloe ginge, sollten sie nicht erfahren, dass sie aus einer so kalten Familie stammte.

»Das ist aber schön, dass Sie das sagen«, unterbrach Rob die Spannung. »Und ich bin froh, dass Sie Weihnachten mit uns verbringen werden. Der Verlust Ihrer Familie ist ganz sicher unser Gewinn.«

Ja, diese Menschen waren so gut wie perfekt.

Derek erhob sich und berührte Chloe sanft am Rücken.

»Holen wir deine Einkäufe.« Als Rob den Mund öffnete, schnappte Derek sich eilends die Biergläser. »Ich habe sie!«

Rob lächelte und Chloe lachte.

»Bis später«, rief Sara, als die beiden die Küche verließen.

Chloe schnappte sich ihren Mantel und ihre Handtasche, um dann die Tür zum Innenhof aufzumachen.

Derek hielt die Biergläser hoch. »Hmm, ich bin mir nicht sicher, wie ich die mit deinen Lebensmitteln jonglieren soll, es sei denn, du würdest sie tragen?«

»Das ist schon in Ordnung, denn ich habe nur eine Tasche. Du trägst das Bier und ich die Lebensmittel.« Sie eilte zu ihrem Auto und holte die Tasche von der Beifahrerseite des Wagens.

An der Tür wartete er auf sie. Während sie aufschloss, sagte er: »Du hast mich hierhergelockt, um beim Tragen der Einkäufe zu helfen. Du hast mich ausgenutzt.«

Sie lachte, als sie in den Eingangsbereich trat und die Tür hinter ihm zuzog. »Stimmt nicht! Ich habe nie gesagt, ich würde deine Hilfe brauchen. Du hast nur wieder den Ritter gespielt.«

»Da liegst du falsch. Ich fürchte, meine Motive sind ganz und gar nicht ritterlich.« Er sagte dies mit einem so dunklen, verführerischen Versprechen, dass Chloe erschauderte.

Sie drehte sich um und ging ihm voran die Treppe hinauf, begeistert von der Aussicht, dass der böse Junge wieder zum Vorschein kommen würde.

* * *

Derek beobachtete das Schwingen von Chloes Hüften auf der Treppe vor ihm und die Rundung ihrer Kehrseite, die ihn wie eine Sirene von einem fernen Ufer herbeirief.

Dann schüttelte er seinen von Lust benebelten Kopf und schaffte es irgendwie bis zum oberen Ende der Treppe. Sie stellte ihre Tasche auf dem Tresen ab und räumte rasch ihre Einkäufe weg, während er das Bier auf den Tresen stellte.

Dann warf er einen Blick in Richtung des Schlafzimmers. *Ruhig Junge, geh es langsam an.* Doch das fiel ihm verdammt schwer. Sie war so großartig. Alles an ihr zog ihn an und dann hatte sie von ihrer Familie erzählt und davon, dass sie die Archers nie verlassen hätte, wenn sie ihre Familie wären, worauf er sich schwer in sie verliebt hatte. Sie liebte und sehnte sich ebenso sehr nach einer Familie wie er – und dann noch dieselbe Familie, was sogar noch perfekter war. Gestern Abend hatte sie davon gesprochen, dass er Glück gehabt hatte. Sie wusste nicht einmal die Hälfte der Wahrheit.

Chloe hängte ihren Mantel auf und begab sich zum Sofa, wo Ashley sich auf eine Decke gekuschelt hatte. Sie schmiegte sich an Chloes Hand, und nachdem sie sie einen Moment lang gestreichelt hatte, drehte sich Chloe wieder zu Derek um. Derek überkam das Bedürfnis, sie zu berühren, um ihr die Gefühle zu vermitteln, die in ihm aufwallten. Er ging zu ihr und umfasste ihre Taille. Er küsste sie leidenschaftlich, wobei er mit der Zunge in ihren Mund drang. Sie schlang ihre Arme um seinen Hals, um sich festzuhalten.

Nach einer ganzen Weile erst zog er sich zurück, aber nur ein wenig. Sie blickte zu ihm auf, und ihre haselnussbraunen Augen waren vor Verlangen zu Schlitzen geworden. »Wow«, hauchte sie.

Ja, wow.

»Ich freue mich, dass du zu Weihnachten kommst.« Das war eine große Verpflichtung. Noch nie hatte er jemanden über die Feiertage nach Hause eingeladen. »Ich hatte Angst, du würdest nein sagen.«

»Nie im Leben.« Sie fuhr ihm mit den Fingern durch das Haar im Nacken. »Außerdem habe ich keine besseren Angebote bekommen.«

Er hörte den neckischen Ton in ihrer Stimme und wölbte eine Augenbraue zu ihr. »Ist das so? Das ist also ein eingeschränktes ›Ja‹?«

Sie zuckte spielerisch mit den Schultern. »Ich bin mir ziemlich sicher, dass du mich überzeugen kannst.«

Er wusste, dass sie damit auf körperliche Überzeugung anspielte – und er war mehr als glücklich, ihrem Spiel zuzustimmen –, aber er konnte nicht widerstehen, sich zuerst unausstehlich begriffsstutzig zu geben. »Nun, sehen wir mal, zum einen ist es praktisch. Ich meine, du könntest in deinem Pyjama rüberschlurfen, wenn du wolltest.« Er hoffte sogar, dass sie das wollte. Normalerweise verbrachte er Heiligabend im Haus, und am Weihnachtsmorgen versammelte sich die ganze Familie in ihren Schlafanzügen im großen Salon, um zu sehen, was der Weihnachtsmann gebracht hatte.

Ihre Augen verengten sich vor Verwirrung. »Aber ich werde zu Weihnachten nicht hier sein. Ich werde in deinem Haus sein.«

Verdammt. Er hatte das Haus ganz vergessen, was ihn nicht hätte überraschen sollen. Er hatte es zu einer regelrechten Kunst entwickelt, nicht an das Haus zu denken. Das Herz pochte in seiner Brust und er fühlte sich kurzatmig. Überwältigt von einem Gefühl, das er nicht benennen konnte – oder wollte –, verließ er ihre Arme und zog sich an die Bar zurück, wo er ihre Biere abgestellt hatte, und nahm einen langen Schluck.

»Derek?« Sie trat zu ihm und stellte sich neben ihn. »Was ist los?«

Da er überhaupt nicht darüber reden wollte, drehte er sich nur widerstrebend zu ihr um und stellte sich ihr gegenüber. »Ich sagte doch, es ist kompliziert.«

Ganz leicht berührte sie seinen Arm, mit einer unendlichen Sorgfalt, was ihn allerdings nicht im Geringsten beschwichtigte. »Willst du mir den Grund nicht nennen? Ich liebe es wirklich, und zu wissen, dass es dir gehört, lässt es perfekt erscheinen. Als wäre es Schicksal, dass wir uns begegnet sind.«

Derek wünschte, er könnte mit ihr darüber sprechen, doch das schaffte er einfach nicht. Himmel, inzwischen waren zehn Jahre vergangen. Wann würde er jemals über diesen verflixten Ort hinwegkommen? »Ich fühle mich dort einfach nicht wohl. Du weißt, dass meine Mutter gestorben ist. Wir haben dort zusammengelebt. Es ist ... schwer zu erklären.« Er wurde von einem Drang überkommen, die Flucht zu ergreifen. »Ich muss gehen.« Er ging auf die Tür zu, während sich sein Inneres in einem jahrzehntealten Tanz der Verzweiflung drehte, die er größtenteils hatte unterdrücken können. Und genau das war der Grund, warum er sie nicht in seinem Haus haben wollte. Er hätte es verkaufen sollen, als er die Gelegenheit dazu hatte.

»Derek, warte.« Sie folgte ihm zur Tür. »Lass uns darüber reden. Ich weiß, dass wir eine Lösung finden können.«

Seine Hand lag bereits auf dem Türgriff und es juckte ihn in den Füßen einfach loszurennen. »Ich kann nicht. Nicht jetzt. Wir reden später.« Er rannte die Treppe hinunter und so schnell er konnte zur Tür hinaus.

Kapitel Sieben

Am späten Nachmittag ging Chloe in ihrer Wohnung die Wände hoch. Immer wieder hatte sie das Gespräch mit Derek im Kopf durchgespielt und sie fühlte sich ebenso unruhig wie zwei Stunden zuvor, als er gegangen war. Dringend brauchte sie einen Tapetenwechsel und beschloss, einfach ein wenig früher zum Abendessen zu erscheinen.

Auch dieses Mal ersparte sie sich die Mühe, an die Tür zum Hintereingang des Hauses zu klopfen. Anders als beim letzten Mal zögerte sie allerdings nicht. Sie trat direkt in die Küche, wo sie Stimmen hörte.

»Chloe!« Emily lächelte sie aus der Küche an, wo sie gerade Gemüse für einen Salat zerkleinerte.

Sara saß ihrer Mutter gegenüber an der Bar. Sie schnitt eine Gurke auf. »Hey, Chloe. Komm und hilf mit.«

Chloe drang weiter in die Küche vor. »Was kann ich tun?«

»Würden Sie bitte den Tisch decken?«, bat Emily. »Das Silberbesteck finden Sie dort in dieser Schublade.« Sie deutete auf eine Schublade bei einer der beiden Gewerbespülmaschinen. »Und die Teller stehen dort oben.« Damit zeigte sie auf einen Schrank über der Besteckschublade.

Sara legte ihr Messer hin. »Ich hole die Tischsets.« Als sie zu einem Schrank neben der Bar mit dem Bierfass ging, zählte sie Namen auf. »Mal sehen, Mom, Dad, Chloe, ich, Alex, Derek. Kommen Evan und Hayden auch?«, fragte sie an Emily gewandt.

»Das weiß ich nicht. Jedenfalls habe ich Plätze für sie eingeplant.« Emily sah Chloe lächelnd an. »Man weiß ja nie, wer auftauchen wird.«

Eine solche ... Flexibilität würde Chloes Mutter um den Verstand bringen. »Das frustriert Sie nicht?«, erkundigte sich Chloe und holte das letzte Silberbesteck aus der Schublade. Sie hatte Messer, Gabeln und Löffel zusammengestellt, doch jetzt fragte sie sich, ob sie vielleicht auch Salatgabeln hätte dazunehmen sollen. Ihre Mutter würde ja sagen. Und vielleicht hatte sie es aus diesem Grund nicht getan.

»Sie sind alle beschäftigt, und sie werden abgelenkt oder erhalten eine andere Einladung.« Emily zuckte mit den Schultern, während sie eine Tomate zerkleinerte. »Das macht mir nichts aus. Ich freue mich über jeden, der hierherkommt.«

Sara legte Tischsets auf dem Tisch aus, während Chloe sich mit dem Silberbesteck zu ihr gesellte. »Klar, aber wenn niemand da ist, ist sie enttäuscht«, flüsterte Sara.

»Sara, flüstere nicht, das ist unhöflich.«

»Tut mir leid, Mom.« Sara grinste Chloe an und brachte ihre Aufgabe mit den Tischsets zu Ende, bevor sie sich wieder ihrer Arbeit zuwandte.

Emily plauderte ein paar Minuten lang über dies und jenes, aber Chloe hörte nur mit halbem Ohr zu. Denn in Gedanken war sie noch immer bei Derek und seiner Reaktion auf sein Haus. Und ehe sie es sich noch anders überlegen konnte, fragte sie: »Warum wohnt Derek nicht in seinem Haus?«

Die Bewegung von Emilys Hände erstarrte mitten beim Hacken.

»Weil er ein tolles Loft hat«, antwortete Sara, ohne beim Scheibenschneiden innezuhalten.

Emily war mit ihrer Tomate fertig und fegte sie in die Salatschüssel. Dann wischte sie sich die Hände an ihrer Schürze ab, während sie Chloe anschaute.

Chloe legte die letzte Gabel auf den Tisch. »Warum ist ihm das so unangenehm? Ist es wegen seiner Mutter?«

»Ich denke schon, ja.« Emily kam um den Tresen herum und lehnte sich seitlich daran. »Er spricht nicht viel darüber. Mit keinem von uns.«

Sara drehte sich auf ihrem Stuhl zu den beiden um. »Ich dachte, er würde es verkaufen.«

Emily blickte ihre Tochter an. »Er hat sich entschieden, das nicht zu tun, Schatz.« Dann lenkte sie ihren Blick wieder auf Chloe. »Das ist ein sehr heikles Thema für Derek. Bitte haben Sie Geduld mit ihm. Die Zeit wird kommen, wenn er sich ein für alle Mal seiner Vergangenheit stellen muss.«

Was hatte das zu bedeuten? Chloe wollte die Frau allerdings nicht mit Fragen überhäufen. Es war schon schlimm genug, dass sie mit seiner Familie über ein derart persönliches Thema redete. Wenn Derek nicht darüber sprechen wollte, welches Recht hatte sie dann, es mit den Archers zu erörtern?

Emily trat einen Schritt vor und ergriff Chloes Hand. »Ich kann sehen, dass Sie das Ganze beunruhigt, was mir zeigt, wie sehr Sie sich bereits um Derek sorgen.« Emily lächelte herzlich. »Da bin ich aber sehr froh. Denn ich denke, es ergeht ihm ebenso. Ich habe zumindest noch nie erlebt, dass er jemanden so ansieht, wie er Sie ansieht. Oder dass er mit jemandem so redet, wie er mit Ihnen redet. Es ist zauberhaft.«

»Wie sieht er sie denn an?«, fragte Sara und schaute ihre Mutter an.

Emily drehte sich um, ließ Chloes Hand los und kehrte in die Küche zurück. »Wie sich Menschen ansehen, wenn sie sich verlieben.«

Sara stieß einen kleinen Laut aus, der wie ein Quietschen klang, und grinste Chloe an. »Das ist so wunderbar! Ist es wahr, Chloe?«

»Ähm ...« Ihr fehlten buchstäblich die Worte. Ihr war nicht einmal der Gedanke gekommen, dass sie sich in Derek *verliebt* hatte, aber etwas empfand sie für ihn ganz eindeutig. Gab es so etwas wie eine Liebe auf beinahe den ersten Blick?

»Oh, Sara, bring das Mädchen nicht in Verlegenheit. Es ist schlimm genug, dass ich es getan habe! Ich hätte den Mund halten sollen.«

Sara drehte sich auf dem Hocker um und blickte ihre Mutter an. »Warum hast du es dann getan?«

Emily lachte. »Sara, Schatz, das war mein mütterlicher Überschwang, wie ich fürchte. Würdest du bitte gehen und deinem Vater sagen, dass das Abendessen gleich fertig ist?«

»Eine Sekunde. Woran erkennt man, dass es Liebe ist?«

Emily nahm ein Paar Topfhandschuhe aus der Schublade, die sie überzog. »Ich bin mir nicht sicher, ob es das wirklich ist«, entgegnete sie entschlossen, mit einem entschuldigenden Blick auf Chloe. »Ich kann nur sagen, dass Derek Chloe auf eine Art ansieht, die mich daran erinnert, wie dein Vater mich damals angesehen hat.«

Sara runzelte die Stirn. »Sieht er dich jetzt nicht mehr so an?«

»Doch, aber nicht vor euch.« Emily lachte, als sie sich umdrehte und den in die Wand eingebauten Ofen aufmachte. Sie zog eine lecker gefüllte Schweinelende aus dem Inneren und setzte sie auf den Tresen. Dann nahm sie eine lange Gabel in die Hand und öffnete den zweiten Ofen. Sie stach auf etwas im Inneren des Ofens ein, das Chloe nicht genau erkennen konnte. »Das gebratene Wurzelgemüse ist noch nicht ganz fertig, aber fast.«

»Und was für eine ›Art‹ ist das?«, fragte Sara, die sich ein Stück vorlehnte und offensichtlich von dem Gespräch fasziniert war. Es war reizend und verschaffte Chloe eine willkommene Abwechslung von ihrer Sorge um Derek.

Emily schloss die Ofenklappe und lehnte sich an den hinteren Tresen. Sie lächelte, ihr Blick war weit weg, als würde sie in die Vergangenheit blicken. »Es ist ein besonderer Blick. Wie man diesen ersten perfekten Frühlingstag anschaut. Wie man schaut, wenn einem im Winter die erste Schneeflocke auf die Nase fällt. Wie man schaut, wenn man zum zehnten Mal die letzte Seite seines Lieblingsbuchs zu Ende liest. Wie man schaut, wenn man ein Baby zur Welt gebracht hat.« Sie schüttelte den Kopf. »Es ist ein Blick, der die Empfindung von Freude perfekt ausdrückt, die einem die Brust zerspringen lassen will, und als ob man einfach explodieren würde, wenn man sie nicht auf irgendeine Weise loslässt.«

»Hoffentlich fühle ich mich eines Tages auch einmal so«, meinte Sara ganz sachlich.

Chloe wurde klar, dass sie sich bereits so fühlte. Hatte sie sich tatsächlich schon so schnell in ihn verliebt? Wie war das passiert? Sie versuchte, das von Emily Beschriebene auf ihre frühere Beziehung zu Ed anzuwenden, aber das wollte ihr einfach nicht gelingen. Gewiss hatte sie etwas für ihn empfunden, und sie erinnerte sich an das schwummerige Gefühl damals im College, doch in gewisser Weise hatte das daran gelegen, dass er so hoch angesehen gewesen war. Er galt als einer der besten Schüler der Schule, sah gut aus und er hatte den »richtigen« Namen. Dass er ihr vor allen anderen Mädchen den Vorzug gegeben hatte, war unglaublich schmeichelhaft gewesen. Es war allerdings nicht wie das, was sie bei Derek empfand. Bei ihm war sie von einem Gefühl der Richtigkeit überkommen, und sie sehnte sich jeden Moment nach ihm, um alles mit ihm zu teilen.

»Sara, geh und hol deinen Vater«, bat Emily erneut und nahm ihre Topflappen ab. »Er muss das Schweinefleisch aufschneiden.«

Emily warf einen Blick auf die Uhr. Es war gerade mal fünf. Und es war noch niemand da. Sie warf Chloe einen beruhigenden Blick zu. »Die Jungs wissen, dass Abendessen um fünf normalerweise fünf Uhr fünfzehn bedeutet.«

Chloe nickte, ohne jedoch etwas zu sagen.

»Würden Sie die Brötchen auf den Tisch stellen?« Emily deutete auf einen Korb, der auf dem Tresen stand und mit einem festlichen roten und grünen Tuch bedeckt war.

Chloe griff nach dem Korb und stellte ihn auf den Tisch. »Butter?«

»Dort drüben auf dem Tresen steht die Schale.«

Chloe sah sich nach der Butterschale um und stellte sie neben die Brötchen.

»Es wird Derek glaube ich helfen, wenn Sie in sein Haus einziehen, wenn es im Augenblick auch nicht so aussieht.« Für einen kurzen Moment schloss Emily die Augen und schüttelte sacht den Kopf. »Das geht mich alles nichts an.«

»Das ist schon in Ordnung. Ich bin für jeden Ratschlag dankbar. Ich weiß wirklich nicht, was ich tun soll. Es scheint, als hätte ich Derek genau in dem Moment getroffen, als ich ihn brauchte. Er war so hilfsbereit – wie Sie alle – und sein Haus ist die Antwort auf meine Probleme, es ist praktisch mein Weihnachtswunder. Es scheint einfach alles...«

»Als ob alles so sein sollte?« Emily verzog den Mund zu einem schwachen Lächeln. »Tut mir leid, ich habe die schlechte Angewohnheit, gelegentlich zu unterbrechen.«

»Nein, Sie haben recht. Es fühlt sich an, als ob es so sein sollte. Aber das ist Derek ja auch. Ich kann es nicht erklären. Die Dinge haben sich ungeheuer schnell entwickelt, aber er ist einfach unglaublich.«

»Das ist er. Was erstaunlich ist, wenn man sein Leben betrachtet.« Ein trauriger Ausdruck trat in Emilys Augen. »Er hat eine überaus schwierige Zeit hinter sich.«

Das hatte Chloe schon geahnt, aber es zu hören, zog ihr das Herz zusammen. »Er hat nicht viel über seine Mutter gesagt.«

»Nein, das hat er vermutlich nicht. Und über seinen Vater wahrscheinlich gar nichts?«, fragte Emily.

»Seinen Vater?« Nicht ein einziges Mal hatte Derek seinen Vater erwähnt, und Chloe war davon ausgegangen, dass dieser nie eine Rolle gespielt hatte.

»Ich werde nicht zu viel verraten – denn diese Geschichte ist seine – aber er hat seinen Vater verloren, als er neun Jahre alt war. Gloria, Dereks Mutter, zog hierher, um einen neuen Anfang zu machen.«

Chloe blutete das Herz für Derek. Sie wünschte, er hätte ihr das gesagt, aber alles war so schnell gegangen, dass er vielleicht einfach keine Gelegenheit dazu gehabt hatte.

In diesem Moment kamen Sara und Rob in die Küche,

und Alex folgte ihnen eine Minute später. Sie plauderten über den Pub und darüber, wie gern Chloe dort arbeitete, bis das Gespräch dann auf Saras Tätigkeit als Veranstaltungsplanerin in Portland kam. Sie war es gewesen, die einen großen Teil der gestrigen Party organisiert hatte, und Chloe war beeindruckt.

Sie konnte auch nicht anders als immer wieder auf die Uhr zu schauen, bis sie fürchtete, einen steifen Hals zu bekommen. Sie beobachtete, wie die Uhrzeiger auf siebzehn Uhr fünfzehn wanderten, kam und dann weiterkrochen. Als sich die Tür um siebzehn Uhr zwanzig öffnete, bekam sie Herzklopfen.

Es waren allerdings nur Hayden und Evan, die in die Küche stürmten und die beiden freien Plätze am Tisch einnahmen. Das Essen war wunderbar, auch wenn der letzte Platz zu Chloes Enttäuschung auffallend leer blieb.

Es war ungemein rücksichtslos von Derek, nicht nur sie, sondern die ganze Familie zu versetzen. Vielleicht war diese Ansicht auf ihre rigide Erziehung zurückzuführen, aber man sagte nicht zu, dass man irgendwo hinkommen würde und tauchte dann nicht auf. Es sei denn, einem brannte das Haus ab.

Aber sein Haus war nicht niedergebrannt. Es war ganz und perfekt und konnte sehr wohl etwas sehr Schönes beenden.

* * *

Er war so ein Dummkopf. Derek hatte den teuersten Strauß bestellt, den der Florist an diesem Nachmittag zurechtmachen konnte, und war auf dem Weg zum Pub vorbeigekommen, um ihn abzuholen. Der Duft von Kiefern und Rosen erfüllte sein Auto und erinnerte ihn an Chloes Haar.

Dummkopf war nicht stark genug. Er war ein vollkommener Versager.

Nachdem er gestern die Fassung bei ihr verloren und sie beim Abendessen versetzt hatte, war er seitdem auch nicht imstande gewesen, sie anzurufen oder eine SMS zu schicken. Welche Art von Freund tat so etwas? Und ja, irgendwie dachte er, dass er nach dem Samstagabend ihr Freund war, wenn er sich auch nicht so verhalten hatte.

Dann hatte Emily heute Nachmittag angerufen und ihm das Gefühl gegeben, ein noch größerer Versager zu sein. Sie hatte ihm die Leviten gelesen, weil er am Vorabend nicht zum Abendessen erschienen war, was ihm mehr mitteilte, als er wissen wollte – nämlich, dass er Chloe enttäuscht hatte. Denn Emily hatte ihn nie dafür zur Rede gestellt, wenn er nicht zum Essen erschienen war. Allerdings hatte er immer eine SMS geschickt, wenn er eigentlich zugesagt hatte, doch dann nicht imstande war, tatsächlich zu erscheinen.

Er parkte in der Nähe des Pubs, nahm den Strauß in die Hand und stieg aus seinem Geländewagen. Auf dem Weg zur Tür überlegte er, was er sagen könnte, um den Schaden wiedergutzumachen, aber nichts klang ihm gut genug. »Äh, tut mir leid wegen Sonntag, aber ich konnte nicht verhindern, wegen meines alten Hauses die Nerven zu verlieren. Ich bin übrigens zu dem Schluss gekommen, dass ich es nicht ertragen kann, wenn du dort wohnst.«

Er schauderte, denn obwohl er wusste, dass er irrational handelte, konnte er nicht anders. Dann holte er tief Luft. Er würde es schaffen.

Nachdem er die Tür aufgestoßen hatte, trat er in die Wärme und das geschäftige Gedrängel im Pub ein. Der Geruch von frischen Pommes stieg ihm verführerisch in die Nase, als er sich nach Chloe umblickte. Er sah sie von einem der hinteren Tische aus auf die Bar zugehen und traf sie dort.

»Hallo«, begrüßte er sie zaghaft.

»Hallo«, gab sie zurück, trat neben die Bar und betrachtete die Blumen.

Er hielt sie ihr hin. »Die sind für dich. Weil ich ein Narr bin. Oder ein Mistkerl. Oder beides.«

»Du bist weder das eine noch das andere«, widersprach sie und überraschte ihn damit. Sie nahm die Blumen von ihm entgegen. »Sie sind wunderschön.« Sie roch an einer der dunkelroten Rosen. Dafür, dass es sich um Blumen aus dem Blumenladen handelte, verströmten sie zumindest einen leichten Duft, wofür Derek dankbar war.

»Die Kiefer darunter riecht wirklich gut«, meinte er dümmlich. »So wie dein Haar.« *Wirklich* hirnverbrannt.

Sie zog eine blonde Augenbraue hoch, und dann formte sie ihren Mund zu einem kleinen Lächeln. »Ich vergebe dir. Danke.«

Es konnte nicht so einfach sein. Dennoch atmete er erleichtert auf. »Ich danke *dir*. Es tut mir leid, dass ich nicht zum Essen gekommen bin. Das war dumm von mir.«

»Ja, das war es, aber ich kann es verstehen.« Über die Blumen hinweg schaute sie ihn zögernd an. »Ich weiß nicht, was ich noch sagen soll. Du bist so überstürzt gegangen ...«

Sie hatte ihm den Ball zugespielt. »Ich weiß. Es ist nur ... das Haus.«

Sie sprach langsam, als würde sie ihre Worte sorgfältig wählen. »Vielleicht sollte ich besser nicht in dein Haus einziehen. Ich habe gestern Abend mit Rob gesprochen, und er hat eine kleine Wohnung in Newberg, die ich mir leisten kann.«

Er wollte nicht, dass sie so weit weg wohnte. Aber die Alternative ... ein Geräusch, wie rauschendes Wasser, brauste ihm in den Ohren und der Boden schien unter seinen Füßen zu schwanken. Das war albern. Es war ein *Haus*. Vor langer Zeit hatte er dort einmal gelebt. Seitdem waren zehn Jahre waren vergangen – und das war länger, als er dieses Haus überhaupt sein Zuhause genannt hatte. War es nicht langsam Zeit, die Vergangenheit zu begraben? Das würden Rob und Emily ihm jedenfalls raten. Dennoch erfüllte ihn der Gedanke, dorthin zu fahren, mit Unbehagen, nachdem er ein Jahrzehnt lang konsequent einen Bogen darum gemacht hatte, was in einer Stadt dieser Größenordnung kein leichtes Unterfangen war.

Allerdings war es schon längst an der Zeit, dass er über diese Sache hinwegkam. »Nimm das Haus.« Er sagte die Worte, aber es klang, als kämen sie von ganz weit weg. »Das ist mein Wunsch«, setzte er noch hinzu, aber mehr, um sich selbst zu überzeugen, als sie.

Kurz weiteten sich ihre Augen und dann füllten sie sich allerdings mit Sorge. »Bist du sicher?«

Er antwortete mit einem Nicken, denn er war sich nicht so ganz sicher, ob er das Wort »Ja« über die Lippen brächte.

Ihr Blick war unsicher, doch dann berührte sie zart an der Hand. »Wenn du das sagst.« Dann lächelte sie beschwichtigend. »Ich werde die Blumen hier ins Wasser stellen und nach ein paar Tischen sehen. Du wirst doch nicht wieder weglaufen, oder?«

Das hatte er verdient. »Nein.«

»Gut.« Sie lächelte, ehe sie sich umwandte und nach hinten ging.

Derek ließ er sich praktisch seitlich gegen die Bar sinken. Mit dem Ellbogen stützte er sich auf die Kante und ließ sich auf einem Hocker nieder. Sein Herz schlug schnell, und ein kalter Schauer überlief seinen Nacken.

Vielleicht sollte er Alex' Therapeuten aufsuchen, um mit alldem fertigzuwerden.

»Was soll das mit den Blumen?« Georges Frage erschreckte Derek.

Er drehte sich um und sah den Barkeeper an, dessen Blick hinter seiner Bifokalbrille neugierig offen war. »Ich habe es verpatzt.«

George schüttelte kopfschüttelnd den Kopf. »Nur Blumen? Frauen sind heutzutage ein bisschen komplizierter. Ich hoffe, du lädst sie zum Essen ein, oder vielleicht hast du auch Schokolade mitgebracht.«

Nein, aber er hätte es tun sollen.

»Was hast du verbrochen?«, fragte George, zapfte ein Glas Crossbow und reichte es Derek.

Anstatt einer Antwort trank Derek einen Schluck von dem herrlich kalten Bier.

»Ach, ist doch einerlei.« Georges Augen wurden schmal und er lehnte sich ein wenig über die Bar. »Reiß dich zusammen, Junge. Dieses Mädchen ist die Richtige. Wage es nicht, ihr das Herz zu brechen.«

Derek stellte sein Bier ab und setzte sich so, dass er George gegenüber war, um sich anzuhören, was der Mann zu sagen hatte. »Woran erkennst du, dass sie die Richtige ist?«

»Nun, ich habe mit ihr gearbeitet, und nach dem, was ich von euch beiden am Samstagabend gesehen habe – ganz heimelig am Kamin –, bin ich reichlich sicher, dass du sie gut genug kennst.«

Derek spürte, wie ihm die Hitze in den Nacken stieg. Gegen Georges Einschätzung konnte er nichts einwenden. Außerdem hatten sie beide, Chloe und er ihre besonderen Gefühle füreinander bereits zugegeben. Er konnte nicht einfach so tun, als sei sie nur irgendein Mädchen.

»Vergiss außerdem nicht, dass ich ein guter Menschenkenner bin«, fuhr George fort und rückte seine Brille zurecht. »Und sie ist ein guter Mensch. Nicht wie das Mädchen, mit dem du im College ausgegangen bist. Wie hieß sie doch gleich, Shelby? Das war eine Goldgräberin.«

Derek lachte. Er war in seinem ersten Studienjahr mit Shelby ausgegangen und hatte sie eine Zeit sogar für die Richtige gehalten. Bis George ihn darauf hingewiesen hatte, dass sie so viel Zeit wie möglich damit verbrachte, sich bei den Archers einzuschleimen. Danach hatte Derek sie genau beobachtet, und als er herausgefunden hatte, dass sie Kyle anbaggerte, hatte er mit ihr Schluss gemacht.

Bei der Erinnerung an seine damalige Beziehung wurde ihm klar, dass sie im Vergleich zu seinen Gefühlen, die er für Chloe empfand, heftig verblasste. In seinen Augen konnte ihr keine andere Frau das Wasser reichen.

»Hör mir zu«, meinte George und senkte seine Stimme, »lass dir dieses Mädchen hier nicht entgehen. In den vergangenen Jahren bist du hier und da mit ein paar netten Mädchen ausgegangen – nach dieser dämlichen Shelby – und du hast sie alle wieder gehen lassen. Ich weiß nicht, was dein Problem ist, aber das solltest du tunlichst herausfinden, bevor diese hier auch noch beschließt, dass sie auch nicht auf dich warten kann.«

Derek hielt sein Bierglas krampfhaft umklammert, als ihn ein weiteres Gefühl von – was eigentlich, Panik überkam? Er zwang sich, Luft zu holen. Was war sein Problem? Nie hatte er in Betracht gezogen, dass er unter einer Art Bindungsangst oder so etwas litt. Er war noch jung, und er dachte, er hätte nur noch nicht die richtige Frau gefunden. Aber vielleicht hatte er sie ja jetzt gefunden. Und dann verlor er wegen eines dämlichen Hauses die Nerven.

Das Ganze war keine große Sache. Er musste nicht viel

Zeit dort verbringen. Sie konnten sich in seinem Loft und bei den Archers treffen. Dort gefiel es ihr.

Derek bemerkte, dass der Barkeeper ihn anstarrte und auf eine Antwort wartete. »Danke, George.« Er hob sein Glas und trank noch einen Schluck.

»Geh einfach das Risiko ein. Du wirst es nicht bereuen.« Mit einem Augenzwinkern trat er zurück und bediente zwei junge Männer, die gerade an der Bar Platz genommen hatten.

Nachdem Derek ein paar Minuten nachdenklich an seinem Bier genippt hatte, sah er Chloe, die zur Bar zurückkam. Sie gab bei George eine Bestellung in Auftrag und kam dann zu Derek herüber. »Nochmals danke für die Blumen.«

Sie war so hübsch mit ihrem blonden Haar, das sie bei der Arbeit zu einem verführerischen Pferdeschwanz hochgebunden hatte. Dadurch kamen ihre Augen besonders gut zur Geltung. Er könnte sie den ganzen Abend lang anschauen.

Dann rutschte er von seinem Stuhl und blickte sie an. »Hast du am Mittwoch Zeit für ein Abendessen? Ich würde ja auch morgen sagen, aber ich habe etwas zu tun.« Er zuckte ein wenig zusammen, als er das sagte, denn er wusste, dass sie ihn mit ihrem Ex vergleichen könnte.

»Ich muss morgen Abend ohnehin arbeiten. Aber Mittwoch habe ich um vier Uhr frei.«

Erfreulicherweise fing er allmählich an, sich zu entspannen. »Gut. Ich hole dich um sechs ab?«

»Perfekt«, entgegnete sie. »Entschuldigung, aber ich muss los.« Sie versuchte nicht, ihn zu küssen, aber da sie arbeitete, war das natürlich verständlich.

»Ich wünsche dir noch einen schönen Abend.« Er setzte sich wieder hin und trank sein Bier aus, wobei er ihr gelegentlich einen Blick zuwarf, während sie die Gäste bediente. Er legte George ein wenig Geld auf den Tresen und sagte gute Nacht.

Als er in die Dunkelheit hinausging, atmete er den einzigartigen Duft ein, der die Weihnachtszeit zu begleiten schien. Tanne und Kälte und ... Freude. Oder zumindest das Versprechen darauf.

Noch immer fühlte er sich ein wenig unbehaglich, was er allerdings für normal hielt. Gerade eben hatte er den Entschluss gefasst, eine Chance zu ergreifen und sich einem Problem zu stellen, das er lange verdrängt hatte, als er nicht nur dem Gebäude – dem Haus –, in dem er einen Teil seiner Kindheit verbracht hatte, sondern auch seiner gesamten Vergangenheit den Rücken gekehrt hatte.

Hoffentlich würde diese Sache nicht nach hinten losgehen.

Kapitel Acht

Am Mittwochabend warf Chloe einen letzten Blick auf ihre Frisur im Spiegel. In zehn Minuten oder in fünf, wenn er seine Angewohnheit, früher zu kommen, konsequent beibehielt, wäre Derek hier. Wenn er sich überhaupt die Mühe machte, zu erscheinen.

Das war nicht fair. Am Sonntag war er sehr aufgewühlt gewesen. Und als er ihr am Montag die Blumen gebracht hatte, war ihr nicht entgangen, dass er immer noch verstört war. Sie war freudig überrascht gewesen, als er ihr gesagt hatte, sie solle in das Haus ziehen, aber sie wusste, dass es nicht leicht für ihn werden würde. Sie freute sich darauf, für ihn da zu sein und ihm dabei zu helfen, alle Probleme zu verarbeiten, die er zu lösen hatte.

Ihr Telefon vibrierte auf dem Tresen, und eilends nahm sie es auf, falls es Derek war. Doch das Display zeigte, dass ihre Mutter über FaceTime anrief.

Chloe unterdrückte ein Stöhnen und nahm den Anruf entgegen. Sie wartete, bis die Verbindung hergestellt war, und zwang sich dann zu einem strahlenden Lächeln. »Hi, Mom.«

Barbara English lächelte, aber das Botox verhinderte, dass ihr Gesicht wirklich glücklich aussah. »Wie geht es dir, Chloe? Du hast seit ein paar Tagen nicht mehr angerufen, und ich habe mir Sorgen gemacht.«

Sollte sie sich jeden Tag melden müssen? Das hatte sie nicht getan, als sie zwanzig Minuten entfernt gewohnt hatte. »Mir geht's gut, Mom, ich habe nur viel zu tun. Ich habe ein neues Haus gefunden, das ich mieten kann, also habe ich mich um die Einzelheiten gekümmert.« Am Wochenende hatte sie kurz mit ihrer Mutter gesprochen und ihr von dem Brand erzählt, aber sonst nichts, außer dass sie bei »Freunden« wohnte. Wahrscheinlich war es an der Zeit, auch in Hinsicht auf ihre Stelle reinen Tisch zu machen. »Außerdem arbeite ich.«

Ihre Mom wirkte überrascht. »Aber ich dachte, du fängst erst nächsten Monat an.«

Chloe wappnete sich, denn sie erwartete einen Vortrag. »Ich kellnere in einer örtlichen Kneipe. Die Stelle als Lehrerin ist nur Teilzeit, und ich muss mein Einkommen aufbessern.«

Moms Gesicht wurde auf dem Bildschirm immer größer, als sie näher an ihr Telefon herantrat. »Chloe! Du kannst nicht als Kellnerin arbeiten! Du hast einen Abschluss von der Carnegie Mellon!«

»Mama, hör zu, es ist ein wirklich schöner Ort und er gefällt mir. Den Leuten, bei denen ich wohne, gehört die Kneipe.«

Ein verärgertes Stirnrunzeln verzog Mamas Lippen zu einem ihrer Lieblingsausdrücke. »Nun, ich bin nicht damit einverstanden. Du solltest nach Hause kommen. Ich bin sicher, Liberty würde dich wieder aufnehmen.«

Liberty Media war ein großartiger Arbeitgeber nach dem College gewesen, aber Chloe konnte sich unmöglich vorstellen, zurückzugehen, statt voranzuschreiten. »Wahrscheinlich, aber ich will nicht zurück. Mom, ich bin hier glücklich. Ich habe einen Mann kennengelernt, und er ist großartig.«

»Du bist doch gerade erst angekommen! Du kannst dich unmöglich schon verabreden.« Sie hielt das Telefon weiter weg. »Ed war am Sonntag zum Abendessen hier. Er vermisst dich immer noch. Wenn du über Weihnachten nach Hause kommst...«

Chloe unterbrach sie und klang dabei strenger, als sie wahrscheinlich sein sollte, aber sie konnte einfach nicht zuhören, wie ihre Mutter Loblieder über Ed sang. »Mom, ich komme Weihnachten nicht nach Hause, und ich kehre ganz bestimmt nicht zu Ed zurück.«

Mama schniefte. »Er liebt dich immer noch, Liebes.«

»Das bezweifle ich.« Chloe hatte ihre Zweifel, dass er sie je geliebt hatte, aber anstatt wütend zu werden, empfand sie nur Traurigkeit für ihn, weil sie ziemlich sicher war, dass er keine Ahnung hatte, wie sich dieses Gefühl anfühlte. »Aber bitte grüß ihn von mir. Und weißt du was? Richte ihm bitte aus, dass ich einen neuen Freund habe. Vielleicht hilft ihm das, mich zu vergessen.«

»Einen Freund?« Moms Stimme wurde lauter.

Wie aufs Stichwort läutete es an der Tür. »Mom, ich muss los. Das ist Derek. Wir haben eine Verabredung zum Essen.«

Mom atmete aus und klang niedergeschlagen. »Ich wollte gerade sagen, dass du wirklich gut aussiehst. Ist das eine neue Bluse?«

»Ja, ich musste mir wegen des Feuers neue Kleidung kaufen.«

»Richtig.« Sie runzelte wieder die Stirn. »Ich wünschte, du würdest mich etwas Geld schicken lassen.«

»Mir geht es gut, Mama, wirklich. Wenn ich Hilfe brauche, sage ich dir Bescheid.« Sie würde Dad Bescheid geben. Es war immer einfacher gewesen, mit ihm zu reden als mit Mom.

»Lass mich dir wenigstens ein paar Accessoires schicken. Diese Bluse schreit förmlich nach einer langen goldenen Halskette. Du weißt schon, wie die mit den kleinen Kristallen, die ich habe?«

Die Türglocke ertönte erneut. »Mama, ich muss wirklich los.«

»Aber wann lerne ich diesen Derek denn kennen?« Nicht so bald, Gott sei Dank war sie weit weg.

»Ich schicke ein Foto, okay?« Chloe wusste nicht, wann dies geschehen würde, und sie machte diesbezüglich keine Versprechungen.

»Okay. Viel Spaß. Ruf mich bald an.«

»Wird gemacht.« Chloe beendete das Telefonat, schnappte sich ihren Mantel und ihre Handtasche und eilte die Treppe hinunter.

Als sie die Tür öffnete, war sie ein wenig atemlos. »Hallo.«

»Alles in Ordnung?«, fragte er und sah sie mit einem Anflug von Sorge an.

»Ja.« Sie schob ihr Handy in ihre Handtasche und fing an, ihren Mantel anzuziehen. Derek griff danach und half ihr hinein. So ein Gentleman. »Ich habe mit meiner Mutter telefoniert.«

»Ach. Wie wars?«

»Verurteilend« Chloe zuckte innerlich zusammen. Das hatte sie nicht sagen wollen, aber warum nicht? Sie wollte nichts vor ihm verbergen. Sie drehte sich um und schloss die Tür ab, dann ging sie mit ihm zu seinem Geländewagen, wo er ihr die Beifahrertür aufhielt.

Einen Moment später setzte er sich auf den Fahrersitz und startete den Motor. »Weshalb verurteilt sie dich?«

Chloe legte die Handtasche zu ihren Füßen und warf ihm einen verärgerten Blick zu, der mit Humor unterlegt war, denn wenn sie nicht über die Situation lachte, würde Frustration herrschen. »Wegen allem?«

Derek lenkte den Wagen aus dem Innenhof hinaus und am Wasserfall vorbei. »Autsch. Das kann nicht einfach sein.«

»Nein. Sie hasst es, dass ich kellnere. Sie denkt, es sei unter meiner Würde.«

»Das ist töricht.«

»Ganz genau. Sie versteht nicht, warum ich hierhergezogen bin. Ich musste einfach weg von ihnen. Ich liebe meine Eltern wirklich, aber sie sind so erdrückend. Nie ist etwas gut genug, was ich tue.« Sie blickte auf ihre Brust hinunter. »Mir fehlt zum Beispiel eine goldene Halskette.«

Er warf ihr einen verwirrten Blick zu. »Was?«

»Mein Outfit. Es braucht eine goldene Halskette. Aber sie sagt, dass ich anscheinend trotzdem gut aussehe.«

»Du hast es ihr also nie ganz rechtmachen können?«

Sie formte die Lippen zu einem grimmigen Lächeln. »Nicht so richtig. Aber das gilt auch für meine Geschwister. Aus irgendeinem Grund ist immer einer von uns in Ungnade. Obwohl, ich glaube, dass ich das noch eine ganze Weile sein werde, da ich weggezogen bin. Vor allem, weil ich über Weihnachten nicht nach Hause fahre.«

»Ich nehme an, das ist ein Problem?«

Seufzend lehnte sich Chloe an die lederne Kopfstütze zurück. »Sie will wirklich, dass ich heimkomme. Sie will auch, dass ich meine alte Stelle wieder annehme und mich mit meinem Ex versöhne.«

»Wow, sie hat es wirklich schwer mit deinen Entscheidungen, nicht wahr?«

»Immer. Mein Haarschnitt. Mein Auto. Mein Liebesleben.«

»Oh, oh.« Er warf ihr einen Blick des gespielten Entsetzens zu. »Du hast ihr doch nicht von mir erzählt, oder?«

»Doch, das habe ich. Ich sagte, ich würde ein Foto schicken.« Ein teuflischer Gedanke durchzuckte sie und sie lächelte. »Vielleicht schicke ich ihr ein Foto von George.«

Derek lachte laut auf. »Das solltest du! Das wäre der Wahnsinn. Ich meine, es sei denn, ihr würde dann der Kopf explodieren.«

»Das würde auf jeden Fall passieren.«

Derek schwieg einen Moment, bevor er sagte: »Sie klingt anstrengend. Aber ich bin mir sicher, dass es auch gute Seiten an ihr und dem Rest deiner Familie gibt, oder?«

Er klang hoffnungsvoll, und ihr wurde klar, wie das für ihn klingen musste. Sie hatte eine Familie, hatte sie verlassen und schien gar nicht in deren Nähe sein zu wollen. Seine Eltern hingegen waren gestorben. Ja, jetzt hatte er eine Familie, aber es war eine Ersatzfamilie.

»Es gibt sehr gute Dinge an ihnen. Sie sind loyal. Ich weiß, dass sie sich um mich sorgen. Meine Mutter, so eigenwillig sie auch sein mag, schmeißt tolle Partys. Die Party bei den Archers neulich hätte ihr gefallen. Und mein Dad ist wirklich süß. Er arbeitet allerdings viel, also war es immer mehr Mom als Dad. Hoffentlich geht er bald in Rente. Das könnte er bestimmt, aber er tut es nicht.« Plötzlich hatte sie das Gefühl, dass sie vielleicht zu hart mit ihren Eltern umgegangen war.

»Ja, ich frage mich auch, wann Rob in den Ruhestand gehen wird«, meinte Derek, »aber kann das einfach nicht sehen. Er scheint Arbeit und Familie sehr gut unter einen

Hut zu bringen. Ich glaube nicht, dass eines der Archer Kinder je das Gefühl hatte, dass er abwesend war.«

»Das ist schön«, entgegnete sie und schmolz in der köstlichen Wärme der Sitzheizung dahin. Heute Abend war es kälter als sonst - um die Null Grad, und es war klar und frisch.

»Lass dich von deiner Mutter nicht unterkriegen«, meinte Derek zu ihr und sah sie an. »Es hat dich viel Kraft und Mut gekostet, deinen eigenen Weg zu gehen und deinen Traum zu verfolgen. Das bewundere ich wirklich.«

Wärme, die nichts mit dem Sitzwärmer zu tun hatte, breitete sich in Chloes Bauch aus. Wäre sie nicht schon halbwegs in ihn verliebt, dann wäre sie es spätestens jetzt.

Sie konnte auch einen gewissen Unterton wahrnehmen, der in seiner Bewunderung mitschwang. Vielleicht auch ein bisschen Neid? Da sie glaubte, dies könnte irgendwie mit seiner Familie – seiner Blutsverwandtschaft – zu tun haben, wollte sie ihn in dieser Hinsicht nicht unter Druck setzen. Sie wollte geduldig sein. Wenn ihre Intuition auch nur einigermaßen richtig war, würden sie viel Zeit haben, um alles voneinander zu verstehen. Vielleicht sogar ein ganzes Leben lang.

Derek fuhr in die Stadt und bog in die First Street ein. »Wir gehen zu Georgia's. Ich hoffe, das ist in Ordnung.«

»Das ist großartig. Ich habe wirklich viel Gutes darüber gehört.« Es galt als das Beste der drei wirklich guten Gourmet-Restaurants der Stadt. Die Portlander kamen gerne in die Weinregion, um zu essen, zu trinken und sich zu amüsieren, und die Ribbon Ridger waren mehr als glücklich, sie mit ihren zahlreichen Angeboten zu verwöhnen.

Er parkte am Straßenrand und öffnete eilig ihre Tür.

»Danke«, sagte sie, während sie ihr neues Paar hellvioletter Handschuhe überstreifte. Sie waren sehr weich gestrickt, und sie liebte das wohlige Gefühl, das sie ihr vermittelten.

Sie warf sich ihre Handtasche über die Schulter, nahm seine Hand und schaute zu ihm auf, um seine Reaktion einzuschätzen. Mit dem Anflug eines Lächelns schaute er sie an und drückte ihr die Hand. Sie musste sich anstrengen, damit ihr Schritt nicht zu sehr ins Schwanken geriet.

Sie kamen an einem Weihnachtsbaumstand vorbei, der von Pfadfindern besetzt war. »Hey, sucht ihr vielleicht einen Baum?«, rief einer der Jungen, der etwa vierzehn Jahre alt war.

»Heute Abend nicht«, entgegnete Chloe, »aber am Wochenende bin ich auf dem Markt.« Sie hatte nicht vorgehabt, dieses Jahr einen Baum zu besorgen – denn sie hatte noch nicht einmal die entsprechende Dekoration dafür –, aber die Zeit im Haus der Archers hatte sie darauf gebracht, dass sie den Geist der Saison vermisste. Hier fühlte sie sich bereits wie zu Hause. Das Aufstellen eines Baumes in ihrem neuen Haus würde es als ihr Heim deklarieren und einen Grundstein für ihre Zukunft in Ribbon Ridge legen.

Sie glaubte zu spüren, wie angespannt Derek war, als sie mit dem Pfadfinder sprach. Als sie ihren Weg zum Restaurant fortsetzten, fragte sie: »Hast du einen Baum?«

»Ich schon. Aber ich muss dir sagen, dass kein Bewohner Oregons, der etwas auf sich hält, und selbst ein Zugezogener wie ich und du, seinen Baum von einem Stand bezieht. Ich unterstütze die Pfadfinder gern; ich bezahle sie dafür, dass sie meinen Baum nach Neujahr recyceln, aber wir sind von Weihnachtsbaumfarmen umgeben. Man *muss* seinen Baum einfach selbst fällen.«

Seine Leidenschaft für dieses Thema gefiel ihr. »Das klingt hart. Wir haben unseren Baum immer in einem teuren Geschäft für Haus und Garten in Pittsburgh bestellt.«

»Du machst Witze.« Sie hatten das Restaurant erreicht, dessen Tür zur Straße hinausging. Derek öffnete sie weit und führte sie hinein, indem er seine Handfläche an ihrem Rücken streifte. Sie liebte es, wenn er sie dort berührte.

Sie schüttelte den Kopf. »Nein. So wird es bei uns zu Hause gehalten. Zumindest in unserer Familie. Ich weiß nicht, wie man einen Baum fällt. Ich werde, glaube ich, Hilfe brauchen.«

Er warf ihr einen verschmitzten Blick zu, als sich die Empfangsdame näherte. »Bittest du mich etwa, deinen Baum zu fällen?«

Chloe klimperte mit den Wimpern. »Bitte sehr?«

Er lachte. »Wie könnte ich dir diese Bitte abschlagen?« Er richtete seine Aufmerksamkeit auf die Empfangsdame und nannte ihr seinen Namen.

Sie führte sie zu einem gemütlichen Tisch neben einem steinernen Kamin in der Mitte des kleinen Restaurants. Sie legte ein großes Buch – die Weinkarte, wie es aussah – auf den Tisch. Dazu noch zwei Speisekarten, die nur aus bedruckten Papierstücken bestanden. Die Speisekarte wechselte offensichtlich jeden Tag. »Unsere Spezialität ist Lachs in einer Kräuterkruste, und wir haben auch eine Trüffelmousse im Angebot. Ich sage David Bescheid, dass Sie da sind.« Chloe gefiel es, dass jeder die Leute mit dem Vornamen ansprach. Das taten sie auch im Arch and Vine.

»Ist das ein umgebautes Wohnhaus?«, fragte Chloe und betrachtete die freiliegenden Balken an der Decke und den Torbogen, der nach hinten in die Küche führte.

»Ja« Derek hielt ihr den Stuhl hin, als sie sich setzte. »Ich habe es noch nie bemerkt, aber alle der besten Restaurants der Stadt sind es.«

»Das gefällt mir. Mir ist aufgefallen, dass hier viel umgewidmet wird. Das passt gut zu dem künstlerischen Geist, der mich hierhergezogen hat.«

Derek setzte sich ihr gegenüber. »Manche würden uns wohl als bierliebende Hippies bezeichnen«, entgegnete er trocken, während er seine Serviette auf seinem Schoß auseinanderfaltete.

Chloe hielt sich die Speisekarte vor die Nase und blickte darauf hinunter. Im Moment war sie allerdings mehr an ihrem Gegenüber als am Essen interessiert. »Du bist ein Zugezogener, sagst du. Also bist du aus freien Stücken ein bierliebender Hippie?«

»Ursprünglich stamme ich aus Tacoma.« Bei diesen Worten beugte er sich vor, als würde er ein Geheimnis verraten. »Dort oben sind wir ebenfalls bierliebende Hippies.«

Sie lachte. »Ich wusste gar nicht, dass du von so weit herkommst.«

»In der Hauptsache bin ich allerdings von hier. Auf jeden Fall fühle ich mich wie von hier.«

»Hast du Erinnerungen an Tacoma?«, fragte sie zaghaft, um das schlimmere Thema zu umschiffen: den Tod seines Vaters.

Er zuckte mit den Schultern und konzentrierte sich auf die Speisekarte, wobei er sich allerdings offensichtlich unwohl fühlte. »Es ist nur schon lange her, und ich war noch klein – neun Jahre erst – als wir von dort wegzogen.« Einen Moment lang schwieg er, ehe er dann das Thema wechselte: »Ich denke, ich nehme das Lachs-Spezial. Was ist mit dir? Oh, und wir sollten die Ziegenkäse und Zwiebelkuchen-Vorspeise nehmen. Sie ist fantastisch.« Als er aufblickte lächelte er sie kurz an, ehe er sich wieder der Speisekarte zuwandte.

Wenn sie auch ungemein neugierig auf seine Kindheit war, wusste sie, dass er nicht mehr darüber reden wollte. Nicht, dass er viel darüber verraten hätte. »Das Filet sieht gut aus. Ich habe mich nach einem guten Steak gesehnt.«

»Georgia macht ein großartiges Filet – das solltest du probieren. Und ich bestelle einen Pinot«, meinte er und blätterte die Weinkarte durch, die angesichts ihres Umfangs eigentlich eher ein Wälzer war.

»Klingt fantastisch.« Sie wollte den Spaß wieder zum Leben erwecken, den sie vor dem Gespräch über sein Leben in Tacoma gehabt hatten. »Ich finde es toll, dass ein alleinstehender Mann seinen eigenen Weihnachtsbaum hat. Machst du das jedes Jahr?«

»Am Wochenende nach Thanksgiving – nicht am Thanksgiving Wochenende, das ist zu früh – und außerdem bin ich dann normalerweise bei einer Weinprobe.« Er grinste. »Ich fahre zu einer Baumfarm und fälle meinen Baum.«

»Ganz allein?«

»Einmal war ich das, aber normalerweise kommen einer oder mehrere der Archers mit mir. Rob und Emily haben etwa vier oder fünf Bäume in ihrem Haus, aber den Hauptbaum bekommen sie von einer speziellen Farm mit sehr hohen Bäumen.«

Sie beugte sich vor und betrachtete ihn aufmerksam. »Und dein Baum ist schon geschmückt?«

»Natürlich.«

»Ich würde ihn gerne sehen.«

Sein Blick verdunkelte sich und wurde verführerisch. »Ist das ein Trick, um in mein Loft zu kommen?«

»Wenn du das so interpretierst«, meinte sie, hob die Schulter und warf ihm einen koketten Blick zu. »Ich habe dich ziemlich erfolgreich dazu gebracht, mir dein altes Schlafzimmer zu zeigen.«

»Ha!« Er lachte. »Das hast du. Wenn du dich während des Essens anständig aufführst, werde ich mir die Sache überlegen.«

Chloe hatte Spaß an diesem Spiel, und wahrscheinlich sogar ein wenig zu viel. Sie senkte ihre Stimme. »Ist es tatsächlich dein Wunsch, dass ich mich benehme?«

Er legte die Weinkarte beiseite. Sein Blick war geradezu schwelgerisch. »Nicht sonderlich.«

In diesem unpassenden Moment trat ihr Kellner – David – an ihren Tisch, um ihre Bestellung aufzunehmen. Chloe lehnte sich in ihrem Stuhl zurück und beobachtete Derek, wie er mit ihm über den Wein sprach. Als sie ihn musterte – seine Augen, sein kräftiges Kinn, seine vollen Lippen – wurde ihr ganz heiß.

Nachdem David gegangen war, richtete Derek seine Aufmerksamkeit wieder auf sie. »Wo waren wir?«

»Schamloses Flirten.«

»Ah, ja. Wenn du brav bist, nehme ich dich in mein Loft mit, damit du dir meinen ...«, er wölbte eine Augenbraue, »Weihnachtsbaum ansehen kannst.«

Sie blickte ihn mit ihrem aufreizenden Blick an. »Ich kann es kaum erwarten.«

* * *

Die Fahrt zu Dereks Loft beanspruchte weniger als fünf Minuten, und das war nicht annähernd lange genug, um das Auto im Inneren warm zu bekommen. Derek parkte in der Garage, die sich unter dem Gebäude befand und war Chloe beim Aussteigen behilflich. Er geleitete sie zum Aufzug, mit dem sie bis in das oberste Stockwerk hinauffuhren – es gab nur drei: Im Erdgeschoss befanden sich eine Zahnarztpraxis, ein Geschenkeladen und ein Weinverkostungsraum, während im ersten Stockwerk Wohnungen untergebracht waren.

Der Aufzug mündete in einen breiten Korridor, von dem vier Wohnungen abgingen, eine in jeder Ecke. Er führte sie den Korridor entlang bis zu seiner Tür auf der rechten Seite und ließ sie rasch eintreten, wo es warm war. »Darf ich dir den Mantel abnehmen?«, bot er an, ehe er seinen eigenen Mantel auszog, den er an einen Haken hinter der Tür aufhängte.

Sie zog ihre Handschuhe aus und verstaute sie in ihrer Handtasche, die sie auf einen Konsolentisch stellte. Dann drehte sie sich um, damit er ihr aus dem Mantel helfen konnte. Sie lächelte ihm über ihre Schulter zu. »Danke.«

»Der Baum ist dort drinnen.« Er zeigte den kurzen, schmalen Eingangsbereich entlang, der in den Hauptwohnbereich führte. Sie ging ein paar Schritte und warf ihm dann einen Blick zu, der zum Ausdruck brachte, wie beeindruckt sie war.

»Deine Wohnung ist fantastisch.« Sie trat in den Küchen- und Essbereich, und er folgte ihr, wobei sein Blick auf ihren wohlgeformten Beinen verharrte, die in Skinny Jeans und unglaublich sexy kniehohen schwarzen Stiefeln steckten. »Ich liebe deine Küche – und wie ich sehe, ist alles auf dem neuesten Stand. Und sehr im Stil eines Lofts.« Dann lächelte sie ihm über die Schulter zu, während sie sich auf das Wohnzimmer zubewegte.

Breite Fenster zogen sich über die Wohnzimmerfront, und in der Mitte dieser Wand stand sein zwei Meter hoher Baum, der angesichts der drei Meter fünfzig hohen Decke trotzdem ein bisschen klein wirkte.

Sie lenkte ihre Schritte an der Sitzgruppe vorbei und

inspizierte den Baum. »Was hat es mit den Wölfen auf sich?«

»Emily schenkt jedem ihrer Kinder jedes Jahr ein Tierornament. Jedes Kind hat sein eigenes Tier: Katze, Hund, Bär und so weiter. Als ich bei ihnen einzog, schenkte sie mir Wölfe.« Es war die älteste Dekoration am Baum. Alles andere war gekauft worden, seit er seine eigene Wohnung besaß, weil er sich nicht dazu durchringen konnte, den Schmuck vom Dachboden des Hauses in der Fifth Street zu holen.

»Warum Wölfe?«

»Irgendwann hatten Kyle und Liam angefangen, mich den einsamen Wolf zu nennen. Nachdem ich ein fester Bestandteil ihres Haushalts geworden war – das war irgendwann in der Mittelstufe, glaube ich. Die Geschwister waren ein Rudel, und ich war der einsame Wolf.« Doch er hatte sich nie allein gefühlt. Das war erst nach dem Tod seiner Mutter passiert, und es schien einen kleinen Teil von ihm zu geben, den er einfach niemandem anvertrauen konnte, weil er sich diesem Teil nicht öffnen konnte. Und seiner Vermutung nach machte ihn das dann doch zu einem einsamen Wolf.

»Wie schön, dass du diesen Schmuck zur Erinnerung hast«, meinte sie und ging um den Baum herum. »Und du bist natürlich ein Seahawks-Fan.«

Er entspannte sich und war dankbar, über Footballspiel reden zu können. Oder über irgendetwas anderes, das an seinem Baum hängen könnte oder auch nicht. »Natürlich.«

»Du wirst meine Treue zu den Steelers akzeptieren müssen.«

Geräuschvoll stieß er die Luft aus, als ob er unglaublich erschöpft wäre. »Wenn mir keine Wahl bleibt.«

Sie schenkte ihm ein Lächeln. »Deine Wohnung ist die

Junggesellenbude schlechthin. Ich wusste gar nicht, dass du ein Aufreißer bist.«

Darauf konnte er sich das Lachen nicht verkneifen. »In Ribbon Ridge? Die ganze Stadt würde mir sofort auf die Schliche kommen. Außerdem haben die Aufreißer Aquarien, was ich hier auch nicht habe.«

Sie drehte sich um und sah ihn an. »Was? Oh, das Fischbecken!« Sie kicherte. »Aber du hast mich hierhergebracht, um deinen Weihnachtsbaum zu sehen und das ist das Gleiche.«

»Weil du darum gebeten hast!« Er lachte und wandte sich dann wieder zur Küche um. »Möchtest du ein Glas Wein? Ein Bier? Martini?«

»Martini, hm? Das ist eindeutig eine Junggesellenbude.« Sie hatte sich wieder dem Baum zugewandt. »Ich nehme, was auch immer du nimmst.«

Er ging zum Weinregal hinüber, das als Unterbau der Anrichte in seinem Esszimmer diente, und holte eine Flasche Pinot. Der Wein beim Abendessen hatte ihr gemundet, und dieser war ähnlich.

Ehe er die Flasche öffnete, holte er sein Handy heraus und setzte eine Musikanlage in Gang. Ein Weihnachtslied ertönte aus dem Soundsystem, als er die Flasche öffnete. Er schenkte zwei Gläser ein und ging zu ihr ins Wohnzimmer, wo sie neben seinem Baum stand und die Aussicht auf Ribbon Ridge und die Hügel dahinter genoss.

Sie nahm das Glas von ihm entgegen. »Danke. Das ist eine tolle Wohnung. Unglaublich, dass sie hier liegt und nicht in einer Großstadt.«

»Mir gefällt es. Es fühlt sich nach Stadtleben an, aber ich bin trotzdem noch auf dem Land. Oder zumindest fast auf dem Land.«

Sie nippte an ihrem Wein. »Das Beste aus beiden Welten.«

»Genau«, pflichtete er ihr bei und beobachtete sie dabei aus dem Augenwinkel. Die Beleuchtung war nicht gänzlich aufgedreht und warf einen romantischen Schein in den Raum, der sie in sanftes Licht tauchte. Heute Abend trug sie ihr Haar offen, und die blonden Strähnen streiften ihren Rücken und umrahmten ihr Gesicht in einem perfekten Oval. Ihr Profil trat kräftig hervor und es war hübsch, während ihre Wimpern sich abhoben und sie äußerst feminin aussehen ließen.

Sie drehte sich zu ihm um. »Dieser Wein schmeckt mir noch besser als der, den wir beim Abendessen hatten.«

»Es ist dasselbe Weingut und derselbe Weinberg, aber dieser ist ein Jahr älter. Sie sind von einem meiner Lieblingsweingüter. Es liegt nur etwa fünfzehn Minuten von hier entfernt. Wenn du willst, nehme ich dich zur Verkostung mit.«

»Hier gibt es eine Menge Weingüter. Und die Archers-Brauerei. Es erstaunt mich, dass das Tal nicht voller Alkoholiker ist.«

»Nun, es *gibt* ein landesweit anerkanntes Reha-Zentrum in Newberg in der Nähe des Krankenhauses.«

Sie lachte laut auf. »Ernsthaft? Das ist deftig.«

Er grinste sie an. »Angebot und Nachfrage, vielleicht?« Vielleicht war es der Wein, aber er fühlte sich so entspannt wie seit Samstagabend nicht mehr. Er war verrückt nach ihr, und er wollte, dass es zwischen ihnen klappte. Er hatte einen großen Schritt getan, als er zugestimmt hatte, sie in seinem Haus wohnen zu lassen. Im Augenblick schien das alles allerdings so unwichtig zu sein. Es kam nur auf die Tiefe der Verbindung zwischen ihnen an.

Sie nickte mit Blick auf den riesigen Flachbildschirm an

der Wand. »Ich verstehe, warum du den Fernseher in der Wohnung erwähnt hast – du bist ein Liebhaber. Dieser ist riesig.«

»Ein Meter sechzig.« Es gibt nichts Besseres als einen guten Actionfilm oder ein tolles Footballspiel bequem von der eigenen Couch aus. »Ich mag es, Dinge zu Hause genießen zu können. Ich schätze, ich bin ein bisschen ein Stubenhocker.«

»Wirklich?« Sie nippte an ihrem Wein und trat hinter das Sofa, wo eine Glasschiebetür auf die Terrasse führte. Dort draußen waren seine Möbel für den Winter abgedeckt, allerdings ging er trotzdem manchmal hinaus, um die Nachtluft zu genießen. »Schöne Terrasse.«

Er trat neben sie. »Ich würde dich ja hinausführen, aber es ist so kalt. Ich habe zwar eine Heizung«, er deutete auf die hohe Propangas-Säule, »aber wir müssten uns trotzdem einpacken. Und wahrscheinlich kuscheln.«

Sie drehte sich um und sah zu ihm auf. »Hört sich gut an. Aber schätzungsweise können wir hier drin genauso gut kuscheln.« Ihr Blick wurde spielerisch anzüglich, und sie ging um das Sofa herum. Sie setzte sich, schlug ihr Bein unter sich hoch und tätschelte das Kissen.

Als hätte er eine Ermutigung gebraucht. Er stellte sein Weinglas auf den Tisch beim Sofa und setzte sich dicht neben sie. In stummer Frage hob sie ihr Glas, das er ihr abnahm und neben seines stellte.

Er schaute sie an, labte sich am Anblick ihres schönen Gesichts und ihrem erwartungsvollen Blick und er fand sie weitaus berauschender als den Wein. Dann beugte er sich vor und küsste sie, wobei er seine rechte Hand auf die Rückenlehne des Sofas stützte.

Sie wölbte sich zu ihm hin, berührte seinen Mund mit ihrem und schlang ihre Hand um seinen Nacken. Es war ein sanfter, süßer Kuss. Mit dem Daumen streichelte sie über seinen Kiefer. In Gedanken sprach er sich ein Lob dafür aus, dass er sich vor ihrem Rendezvous noch einmal rasiert hatte.

Er legte seinen Kopf schräg, vertiefte den Kuss und rückte dichter an sie heran. Sie zog ihr anderes Bein auf das Sofa und kniete sich kurz hin. Mit der linken Hand streichelte er ihre Hüfte und knetete sie, ehe er sie dann unter den Saum ihrer Bluse schob, um die darunter verborgene warme Haut zu streicheln. Sie zitterte, aber er spürte, wie ihre Lippen lächelten.

Dann zog er sich ein wenig zurück. »Kitzelig?«

»Im Moment, ja.« Sie blickte ihm in die Augen. »Aber hör nicht auf.«

Er hielt ihren Blick fest. »Bist du sicher? Ich bin nicht ... Ich lasse mich nicht auf Gelegenheitssex ein.«

In dem gedämpften Licht schimmerten ihre Augen dunkel und aufreizend. »Ich auch nicht.« Sie zog seinen Kopf zu sich herab und küsste ihn mit leidenschaftlichem Feuer. Verlangen durchflutete seine Adern, und er drückte sie mit dem Rücken in die Sofakissen. Sie ließ sich zurücksinken und streckte ihre Beine aus, um sich ganz hinzulegen. Das Sofa war breit genug, dass er sich neben sie auf die Seite legen konnte. Er ließ seine Hand über ihre Seite streichen, ehe er sie über ihren Bauch führte.

Sie saugte an seinem Mund und seiner Zunge und sie machte ihn wild, indem sie ihren Körper genau auf die richtige Weise bewegte. Er bemerkte, dass ihre Bluse Knöpfe hatte und somit zog er seine Hand darunter hervor, um die obersten zu öffnen. Er ließ seinen Mund zu ihrem Kiefer gleiten und seine Zunge und Lippen streiften über ihre erhitzte Haut. Sie fühlte sich wie Seide an und schmeckte wie der Himmel.

Dann warf sie den Kopf in den Nacken, reckte das Kinn und bot ihm ihren Hals dar, was er nur zu gern annahm. Er küsste ihre Haut bis hinunter zum Saum ihres Büstenhalters, einem elfenbeinfarbenen Etwas mit Spitze und goldfarbenen Nähten. Es sah für ihn wie ein Bonbon aus – und ganz bestimmt gut genug zum Vernaschen. *Und* er ließ sich vorne aufhaken.

Geh es langsam an, erinnerst du dich? brüllte sein Verstand. Sein übriger Körper hatte allerdings eine ganz andere Vorstellung. Dann knöpfte er ihr die Bluse ganz auf und zog sie auseinander, sodass ihr Bauch zum Vorschein kam. Er küsste ihre Brustspitzen, aber er wollte so viel mehr, ohne sie allerdings drängen zu wollen. Obwohl er dem Klang ihres Atems nach zu urteilen, der von kleinen aufreizenden Stöhnen unterbrochen wurde, bezweifelte, dass das möglich war. Dennoch nahm er sich die Zeit, sie durch ihren BH hinweg zu streicheln, ehe er den goldenen Verschluss öffnete.

Sie keuchte, als er die Körbchen beiseiteschob, und sein Mund zu einer Brustspitze hinunterglitt. Sie verflocht ihre Hand mit seinem Haar und hielt ihn fest.

Er konnte ihr Verlangen spüren, wie es durch die Drehung ihrer Hüften und dem Druck ihrer Hände auf ihn überging. Dass sie ihn ebenso begehrte wie er sie, schürte seine eigene Lust. Er wandte sich ihrer anderen Brust zu, und seine Finger nahmen sich mit sanftem Rollen und Ziehen der Brustwarze an, die er gerade erst verlassen hatte. Sie spreizte ihre Beine und drückte gegen seinen Schenkel, der sich zwischen ihren schmiegte. Diesen drückte er dann auf der Suche nach ihrem heißen Geschlecht nach oben und übte den Druck auf sie aus, nach dem sie sich zu sehnen schien. Das Stöhnen, das ihr daraufhin zur Antwort entfuhr, ließ ihn an ihrer Brust lächeln.

»Derek«, hauchte sie und klang dabei so atemlos wie er sich fühlte. »Hör auf.«

Ihn mit Eiswasser zu übergießen, hätte nicht die Gleiche verheerende Wirkung gehabt. Er schloss kurz die Augen, als er sein Bein zwischen ihrem zurückzog.

Aber sie drückte ihn fester an sich. »Nein.« Sie lächelte und sah ein wenig schüchtern aus, was er unglaublich liebenswert fand. »Ich will nicht aufhören. Ich habe mich nur gefragt, wo dein Schlafzimmer ist. Das ist kein typisches Loft, wo alles in einem Raum ist, also ...«

Er konnte sein Grinsen nicht unterdrücken, als die Erleichterung ihn durchströmte.

»Wenn das für dich in Ordnung ist?«, fragte sie zögernd.

»Es ist mehr als in Ordnung.« Wieder beugte er sich zu ihr hinunter und küsste sie mit Hitze und Leidenschaft und allen Gefühlen, die ihn gerade durchströmten. Obwohl es ihm widerstrebte, sich von ihr zu lösen, zwang er sich, aufzustehen und streckte ihr dann die Hand hin.

Sie warf ihm einen schüchternen Blick zu, der schnell verwegen wurde, als sie seine Hand ergriff. Er führte sie in sein Schlafzimmer, das sich auf der anderen Wandseite des Esszimmers befand. Eine halbe Wand bestand aus einer Taschenschiebetür, sodass er es ganz zumachen konnte, was heute Abend aber nicht nötig war.

Sie kam um ihn herum und die letzten paar Meter legte sie rückwärts zu seinem Bett zurück, bei dem es sich um ein elegantes Plattform Bett handelte. »Ich sollte dir sagen, dass ich verhüte und sauber bin. Tatsächlich bist du seit fünf Jahren mein erster Partner neben Ed. Es ist für mich in Ordnung, wenn du kein Kondom benutzen willst.«

Wow. Plötzlich wünschte er sich, er könnte einen solchen Rekord für sich selbst geltend machen, aber wenigstens war er keine männliche Hure. »Ich bin auch sauber, und du bist meine erste Partnerin seit neun Monaten. Davor ist es, ähm, ein bisschen durchwachsen gewesen.« In Anbetracht der Vorsichtsmaßnahmen, die Chloe getroffen hatte, entschied er sich, das Kondom wegzulassen. »Wenn du damit einverstanden bist, bin ich es auch.«

»Perfekt.« Sie zog ihm den Pullover über den Kopf und hob ihm das T-Shirt über den Bauch, wobei jede Berührung ihrer Fingerspitzen Funken der Begierde entfachte. Sie blies ihren Atem über seine Haut. »Ich wusste, dass du tolle Bauchmuskeln haben würdest.«

Er grinste, sehr glücklich darüber, dass er die einmal wöchentlich stattfindenden Sitzungen mit seinem Trainer und all die Trainingseinheiten dazwischen durchgestanden hatte. »Und ich wusste, dass du perfekte Brüste hast.« Er ließ seine Hände unter das vordere Revers ihrer Bluse und über ihren Brustkorb gleiten, wobei er sie erneut umfasste.

Mit geschlossenen Augen schlängelte sie sich aus dem Oberteil und ließ es zu Boden fallen. Die Musik wechselte zu einem erotischen Song von Maroon 5, und das war wahrscheinlich der Anlass dazu, dass sie sich auf die Zehenspitzen stellte und ihn mit heißem, offenem Mund küsste. Sie schob ihm das T-Shirt über die Brust nach oben und unterbrach den Kuss kaum, um es ihm über den Kopf zu ziehen. Und dann lagen ihre nackten Brüste auf seinem nackten Oberkörper, Adam Levine begann davon zu singen, sich in einem namenlosen Mädchen zu verlieren, und Derek war ebenfalls verloren.

Kapitel Neun

Derek schob Chloe den Büstenhalter über ihre Schultern, während sie die Finger in seinen Rücken grub. Sie konnte die Bettkante an ihren Kniekehlen spüren und ließ sich fallen. Die Bettdecke, ein Patchwork aus Seide, Samt und luxuriöser Baumwolle, umschmeichelte sie, als sie weiter nach oben rutschte, bis sie ganz auf dem Bett lag.

Obwohl Derek sich mit ihr zusammen hatte fallen lassen, hatte er sich zur Seite gerollt. Das war schade, denn sie hätte ihn wirklich gern auf sich gefühlt. Sein Gewicht war köstlich, sein Körper perfekt modelliert. Er fühlte sich großartig für sie an.

Doch dann knöpfte er ihre Jeans auf, und daran hatte sie nichts auszusetzen. Ohne ihren Kuss zu unterbrechen, begann sie mit seiner und sie bekam den Knopf mit Leichtigkeit auf. Sobald der Reißverschluss offen war, schob die Hände hinein und streichelte die Erhebung seines Beckenknochens, die sich herrlich markant abzeichnete.

Er versuchte, ihr die Jeans herunterzuziehen, doch sie saß zu fest und sie musste ihm helfen. Außerdem waren da noch ihre verflixten Stiefel. Widerstrebend löste sie ihren Mund von seinem. »Moment mal.« Sie beugte sich hinunter und öffnete den Reißverschluss ihres rechten Stiefels.

»Oh, lass mich das übernehmen«, bat er mit wollüstiger Stimme. »Bitte.«

Sie hörte, wie seine Schuhe auf dem Boden aufsetzten, als er ihr den Stiefel vom Bein zog. Ihre Socke folgte dem Stiefel, und sie konnte seine Finger fühlen, die über ihre Wade streichelten, als er sie langsam auszog. Dann ging er zu ihrem anderen Stiefel über und zog ihn mit einer methodischen Präzision aus, die ihr Verlangen noch weiter anfachte. Seit wann war das Ausziehen von Schuhen auch nur ansatzweise sexy? Von der richtigen Person ausgeführt, handelte es sich offenbar um eines der erotischsten Dinge der Welt.

Als ihre Füße entblößt waren, zog er die Jeans von ihren Beinen – und das war kein leichtes Unterfangen, da der Stoff eng anlag –, aber er tat es wieder langsam und voller Genuss. Außerdem schaute er sie dabei so intensiv an, als könnte er sich nicht an dem satt sehen, was er vor Augen hatte. Noch nie hatte sie sich so schön gefühlt.

»Das ist furchtbar sexy«, stellte er fest, und fuhr ihre Beine hinauf, bis er seine Fingerspitze unter den oberen Teil ihres tiefsitzenden Bikinihöschens schob. Es passte zu ihrem BH, und sie war froh, dass sie sich die Zeit genommen hatte, wenigstens eine schöne Garnitur Unterwäsche zu erstehen. Aus dem Wunschdenken war ein Glücksgriff geworden.

Er beugte sich vor und drückte Küsse auf das spitzenbesetzte Oberteil. Sie gab sich alle Mühe, nicht mit den Hüften zu zucken, zum einen, weil es ein bisschen kitzelte, zum anderen, weil ihr die Hitze in die Glieder fuhr. Im Wohnzimmer hatte er sie bereits bis kurz vor einen

Orgasmus gebracht, indem er nur ihre Brüste berührt und geküsst hatte, und jetzt bewegte sie sich schon wieder auf den Höhepunkt zu.

Dann zog er das Dessous von ihr herunter, was er wieder mit langsamen, verlockenden Bewegungen tat, sodass die Spitze auf die köstlichste Weise über ihre Schenkel rieb. Augenblicke später lag sie nackt unter ihm.

»Das ist nicht fair«, murmelte sie, als er auf sie herabblickte. »Du hast immer noch eine Hose an.«

Er rollte sich auf die Seite, um seine Jeans auszuziehen, aber sie folgte ihm. »Noch mal, das ist nicht fair«, sagte sie. »Du durftest meine ausziehen.«

Er grinste sie an, als sie ihm die Jeans über die Hüften zog und seine Boxershorts zum Vorschein brachte. Seine Jeans ließ sich viel leichter ausziehen als ihre, also richtete sie ihre Aufmerksamkeit auf seine Unterwäsche. Sie tat es ihm nach und ließ die Fingerspitzen unter den Bund gleiten, wobei ihr Blick mit seinem verhaftet blieb. Dann wich sie von seinem Beispiel ab und schob ihre Hand zwischen den Bund und seine Haut, um ihre Hand um seinen Schaft zu schließen. Er war heiß und hart und ganz und gar bereit. Sie leckte sich über die Lippen, was ihm ein Stöhnen entlockte. Mit einem verruchten Lächeln zog sie seinen Boxershorts herunter, aber nicht ganz. Sie konnte einfach nicht widerstehen, ihn zu reizen. Sie senkte ihren Mund und küsste seinen Bauch, wie er es bei ihr getan hatte. Währenddessen ließ sie ihre Hand an seinem Schaft entlanggleiten. Er spreizte die Beine ein wenig und sie bewegte ihren Mund zu seiner Hüfte.

Mit einer Hand fuhr er ihr durchs Haar. »Chloe.« Er klang, als wäre er gerade nach einem zehnjährigen Schlaf wieder aufgewacht oder als hätte er vielleicht Kies geschluckt. So oder so, war das verdammt sexy.

Sie konnte nicht anders und nahm ihn in den Mund, während sie die Zunge über seine heiße Spitze gleiten ließ, um seine schlüpfrige Salzigkeit zu schmecken.

»Chloe«, röchelte er.

Dann befreite er sich von seiner Unterwäsche und drehte sie mit einer geschickten, schnellen Bewegung auf dem Bett um, so dass er nun oben lag. »Das ist unfair«, murmelte er zwischen Küssen, »ich habe meine Chance bei dir nicht genutzt.«

»Dafür bleibt noch genug Zeit.« *Hoffentlich,* fügte sie leise hinzu, denn so gut, wie sie sich im Moment fühlte, konnte sie sich gar nichts anderes vorstellen.

Mit seinen Fingern glitt er über ihre Schenkel aufwärts, bis er auf ihr Geschlecht stieß und ihre Schamlippen streichelte, ehe er dann bei ihrer Klitoris verharrte. Ihre Hüften hoben sich wie von selbst, und ihr Orgasmus kam schnell und sicher. Sie öffnete ihre Beine und forderte ihn auf, in sie einzudringen, ehe sie explodierte.

Vielleicht ahnte er ihren bevorstehenden Orgasmus und neckte sie, indem er seinen Finger am Rande ihrer Klitoris entlangführte, ohne sie zu berühren. Auf der Suche nach ihm kreiste sie mit den Hüften, und bettelte um Erlösung.

Endlich fühlte sie die Spitze seines Penis und sie stöhnte in seinen Mund. Dann war es mit der Neckerei vorbei. Mit einem tiefen und sicheren Stoß war er in ihr und Chloe zersprang in tausend Stücke, die ihr den Verstand raubten.

Er küsste ihre Schläfe, als ihr Orgasmus über sie hinwegbrandete. Sie schrie auf und küsste seinen Hals, sein Ohrläppchen, seinen Kiefer und schließlich seinen Mund, als er sich in ihr zu bewegen begann. Er füllte sie so wundervoll und so perfekt aus. Ihr Orgasmus hatte gerade begonnen, abzuebben, als sich ein weiterer anbahnte.

Sie legte ihre Hände auf seinen Hintern, fühlte die Muskeln dort und bewunderte seine Schönheit und die Tatsache, dass er – im Moment, und hoffentlich für eine sehr lange Zeit, wenn nicht für immer – ihr gehörte.

Für immer?

Sein zunehmendes Tempo lenkte ihren Geist zwangsweise von solchen Gedanken ab, und sie verlor sich im Rhythmus ihrer Körper und dem Gleiten ihrer Leiber, die sich zusammen bewegten.

Dann wurde er schneller, und sie wusste, dass er kurz davor war. Dann wurde er langsamer. Sie brachte ihren Mund dicht an sein Ohr. »Hör nicht auf. Ich will, dass du kommst. Jetzt.« Es würde noch viel Zeit sein – waren das nicht seine Worte gewesen? – für ein langes, ausgiebiges Liebesspiel. Im Moment wollte sie fühlen, wie er sich in ihr erlöste.

Und genau das tat er auch.

Sie schlang die Beine um seine Hüften, als er wiederholt tief in sie drang. Er schrie ihren Namen, als sein Orgasmus seinen Körper erschütterte. Sie hielt sich an ihm fest, als sie ein zweites Mal kam.

Als ihre Körper sich wieder langsamer bewegten und allmählich zur Ruhe kamen, breitete sich eine tiefe Zufriedenheit in ihr aus. Er drückte den Kopf gegen ihren und küsste sie langsam und innig. Dann hob er den Kopf und schaute ihr in die Augen. »Alles in Ordnung?«

»Fantastisch.« Es war beste Sex ihres Lebens, das stand außer Frage.

Sie kuschelten noch ein paar Minuten, bevor er sich schließlich zurückzog. »Wasser?«, fragte er.

»Bitte.«

Er stand auf und ging in Richtung Küche davon. Bevor er um die Ecke bog und aus dem Blickfeld verschwand, blickte er mit einem Lächeln zurück. »Das Bad ist dort drüben.« Er deutete auf einen Durchgang gegenüber dem Bett, neben dem ein weiterer Fernseher stand. Der Mann sah offenbar gern fern. Sie stellte die kecke Überlegung an, was er wohl gerne im Bett schaute. Das würde sie ihn fragen müssen.

Sie stand auf und ging ins Bad. Wie der Rest der Wohnung war es ultramodern und prächtig ausgestattet. Es gab eine gefliese Dusche mit zwei Wasserhähnen, einem normalen und einem regenähnlichen, der von der Decke hing. Das Waschbecken war rechteckig und schwebend an der Wand angebracht. Darunter befanden sich zwei freistehende Schränke, auf denen flauschige elfenbeinfarbene Handtücher lagen. Es gab sogar eine schlichte Badewanne mit Jet-Düsen unter einer Fensterfront, die auf seine Terrasse hinausging. Oder das würde sie, wenn sie nicht von Rollläden verdunkelt wären.

Sie richtete sich auf und sah, wie er mit einem Glas Wasser hinter ihr vor den Spiegel trat. Sie nahm es ihm ab, wobei sich ihre Finger ein wenig länger als nötig berührten, und führte es an ihre Lippen. Während sie trank, hörte sie nicht auf, ihn anzusehen – und er sie. Als sie ihren Durst gestillt hatte, stellte sie das Glas auf den Rand des breiten Waschbeckens. »Tolles Badezimmer. Die Dusche ist fantastisch.«

»Willst du da rein?«, fragte er mit einem lasziven Grinsen, das sie zum Lachen brachte und ihr Verlangen erneut entfachte.

»Jetzt?«, fragte sie und dachte, sie würden kuscheln oder schlafen gehen oder so.

Er stellte das Wasser an und küsste sie. »Gibt es etwas anderes, dass du lieber tun würdest?«

Energie – und ein neuerliches Bedürfnis – durchströmte sie, als er die Wassertemperatur einstellte. Sie antwortete ihm, indem sie die Arme um seinen Hals schlang und sich auf die Zehenspitzen stellte, um ihn noch intensiver zu küssen. Dann trat er zusammen mit ihr unter die Dusche.

Er drückte einen Knopf, und das Wasser strömte von oben über sie hinweg. Es war, als stünde man sich liebkosend im warmen Regen. Sehr sexy.

Sobald er mit seinen Händen über ihre Brüste streichelte und sie über ihren Hintern wölbte, schaltete sie ihr bewusstes Denkvermögen aus. Später, als sie sich abtrockneten, dachte sie wie froh sie war, noch nie Sex in einer Dusche gehabt zu haben.

Als er trocken war, schlang er sich das Handtuch um die Taille und ging ins Schlafzimmer. Unsicher folgte sie ihm, während sie ihr Haar trocknete.

»Kommt jetzt der Teil, wo wir kuscheln? Oder der Teil, in dem ich meine Klamotten anziehe und nach Hause flitze? Obwohl das viel einfacher sein wird, wenn ich umgezogen bin. Ich bin mir ziemlich sicher, dass ich von hier aus laufen kann, was großartig ist.«

Er war um das Bett herumgegangen, aber als seine Bewegungen für einen Moment stillstanden, wurde ihr klar, dass sie es vermasselt hatte, als sie den Umzug in sein Haus erwähnte. *Dumm, dumm.*

Eilig ging sie zu ihm und berührte sanft seinen Rücken. »Tut mir leid. Ich würde gerne bleiben, wenn das in Ordnung ist.«

Er drehte sich um, und obwohl er ihr ein Lächeln

schenkte, war es schwach, und seine Augen strahlten nicht mehr mit der Intensität, die sie den ganzen Abend über gezeigt hatten. »Ich habe eine frühe Besprechung, um ehrlich zu sein. Es ist wahrscheinlich besser, wenn ich dich heute Abend nach Hause fahre. Ich bin derjenige, dem es leidtut.«

Sein Bedauern klang aufrichtig, aber das minderte Chloes Enttäuschung nicht. Er hatte diese Verabredung getroffen, und sie hatten beide gewusst, wie es enden würde – oder zumindest war sie sich verdammt sicher, dass sie beide *auf diesen Ausgang gehofft hatten* – und jetzt wollte er sie nach Hause fahren?

Sie suchte nach Worten, die sie nicht weinerlich oder anhänglich klingen ließen. *Diese Art* von Mädchen wollte sie nicht sein. Andererseits wollte sie auch kein Fußabtreter sein. »Ich verstehe. Allerdings ist das eine einmalige Chance. Ich bin kein Mädchen, mit dem man rummacht und dann abhaut.«

»Verstanden.« Er nahm ihr Gesicht zwischen seine Hände und küsste sie sanft. »Wie ich schon sagte, war es mein Fehler. Und ich *werde* es wiedergutmachen.«

Später, als er sie weit nach Mitternacht zum Haus der Archers zurückfuhr, kamen ihr Zweifel. Als sie sich angezogen, und auf den Heimweg gemacht hatten, war er die ganze Zeit wunderbar fürsorglich gewesen, aber auch distanziert. Lag das am Haus? Oder gab es einen anderen Grund? Er behauptete, sie könne nicht bis morgen bei ihm übernachten, weil er zu tun habe. Stimmte das, und wenn dem so war, würde seine Arbeit dann Vorrang vor ihr haben, wenn sie eine Beziehung miteinander eingehen würden? Bevor Ed und sie vor achtzehn Monaten zusammengezogen waren, hatte Ed an einem »Arbeitsabend« nie bei ihr bleiben wollen. Das hatte leider einen Beigeschmack, und Chloe musste sich fragen, ob diese Geschichte sich nun wiederholte.

Als sie sah, wie Dereks Rücklichter in der Nacht verschwanden, drückte sie die Daumen und hoffte, dass dies nicht der Fall war.

Kapitel Zehn

Der Freitag starrte ihn aus dem Kalender auf seinem Computerbildschirm in seinem Büro an – leer und verflucht. Chloe wollte in ihr Haus einziehen. *Sein Haus.* Und er sollte ihr dabei helfen, da er offensichtlich nichts Dringendes hier auf der Arbeit zu tun hatte, was ihn hier hielt. Er konnte nicht einmal davon ausgehen, dass sie nicht so viel zum Umziehen hatte, denn am Vormittag war sie zum Lager der Archers gegangen und hatte einige Möbel für das Haus ausgesucht, die wahrscheinlich gerade ausgeladen wurden. Wenigstens hätte er sie begleiten und dann beim Einrichten des Hauses helfen können.

Kalter Schweiß brach ihm im Nacken aus, als er an solch eine häusliche Szene in *seinem* Haus dachte. Dieser Ort barg keinerlei romantische Erinnerungen für ihn. Sein Vater hatte nie dort gelebt, und seine Mutter hatte nie einen Freund mit nach Hause gebracht. Sie war zwar mit einigen Männern ausgegangen, hatte aber nie jemanden kennengelernt, den sie auch nur als halbwegs dauerhaft bezeichnen wollte. Möglicherweise stellte dies einen Teil von Dereks Problem dar.

Er stützte die Ellbogen auf den Schreibtisch und legte die Stirn in die Handflächen. Was für ein Schlamassel. Erschwerend kam hinzu, dass er seit ihrer Verabredung, die inzwischen zwei Abende zurücklag, nicht mehr mit Chloe gesprochen hatte. Gestern hatte er sie angerufen, aber nur, wenn er wusste, dass sie bei der Arbeit war und wahrscheinlich nicht abnehmen würde. Noch so eine blöde Aktion. Vielleicht hatte George recht damit, dass er die Frauen vergraulte. Er wollte Chloe aber nicht vergraulen. Sie war anders. Etwas Besonderes.

Sein iPhone klingelte, aber es war nicht Chloe. Er erkannte die Nummer nicht. »Derek Sumner.«

»Hey Derek, ich bin's, Chad Thomas.«

»Oh, hey Chad, wie geht es denn?« Derek war mit Chads jüngerem Bruder zur Schule gegangen. Ihre Familie besaß eine Reihe von Restaurants der Spitzenklasse in der Bay Area, und letztes Jahr hatten sie versucht, Derek von Archer Enterprises abzuwerben.

»Gut, gut. Wie geht es dir? Immer noch ein eingefleischter Archer-Fan?« Chad wusste sehr wohl, dass Derek eine enge Beziehung zu der Familie hatte, die über die Tatsache hinausging, dass er für sie arbeitete. Er war besonders vorsichtig gewesen, als er Derek letztes Jahr einen Job als Finanzleiter angeboten hatte. Er war sehr respektvoll gewesen, und das Angebot war mehr als konkurrenzfähig gewesen. Derek konnte sich aber gar nicht vorstellen, Archer zu verlassen. Ihm war klar, dass es nicht an der Stelle lag, sondern an seiner Bindung an die Familie.

Derek gluckste. »Immer noch, ja. Du rufst doch nicht an, um mir ein noch besseres Angebot zu unterbreiten, oder?«

»Doch. Der Mann, den wir eingestellt haben, nachdem du uns die kalte Schulter gezeigt hast, hat nicht funktioniert. Wir würden dich immer noch gerne haben. Ich hoffe, du ziehst das Angebot zumindest in Betracht. Wir werden einfach immer wieder nachfragen.« Ein hoffnungsvolles Lächeln lag in seiner Stimme und Derek konnte nicht anders, als sich geschmeichelt zu fühlen.

»Dann sollte ich es wohl besser.« Das sagte er der Höflichkeit halber, doch dann hielt er kurz inne. Vielleicht sollte er es sich tatsächlich überlegen. Immer hatte er so hart über alle Archer Kinder geurteilt, die fortgegangen waren, aber sie verfolgten ihre Träume – wie auch Chloe. Und dies bewunderte er am meisten an ihr. Die Tatsache, dass sie sich losgerissen und trotz Missbilligung und Widrigkeiten ihrem Herzen gefolgt war. Selbst als ihr Haus abgebrannt war, hatte sie sich nicht von ihrem Weg abbringen lassen.

»Wirklich?«, fragte Chad mit einem Anflug von Überraschung in der Stimme. »Ich dachte, ich müsste viel mehr Überzeugungsarbeit leisten.«

»Nun, ich habe nicht gesagt, ich würde das Angebot annehmen. Ich bin hier sehr glücklich, wie du weißt. Aber schick mir eure Offerte, und ich werde darüber nachdenken.« Der Anflug von Aufgeschlossenheit befand sich schon wieder im Schwinden und wurde von Zurückhaltung ersetzt. Er *war* hier glücklich – bei seiner Arbeit und in seinem Privatleben. Gerade hatte er Chloe kennengelernt und war sehr zuversichtlich, was die weitere Entwicklung ihrer Beziehung betraf, wenn sie auch gerade in sein Haus eingezogen war, was eine Situation war, die ihn jedes Mal, wenn er daran dachte, in Panik versetzte.

»Es ist auf dem Weg«. meinte Chad. »Ich weiß es zu schätzen, dass du dir die Zeit nimmst, darüber nachzudenken, Derek. Es ist ein anständiges Angebot. Schau es dir an diesem Wochenende an, und wir sprechen am Montag darüber. Sag mir Bescheid, wann du Zeit hast, hierher zu kommen. Ich würde dir gern unsere Einrichtungen zeigen. Wir werden im Franco zu Abend essen.« Das war ihr Prestigerestaurant im Herzen von San Francisco.

»Gewiss«, entgegnete Derek, in dessen Kopf ein Gewirr aus widersprüchlichen Gedanken und Gefühlen herrschte. »Wir sprechen uns Montag.«

»Großartig! Nochmals danke, Derek. Ich wünsche dir ein schönes Wochenende!«

»Dir auch.« Derek beendete das Gespräch und warf sein Telefon auf den Schreibtisch. Was zum Teufel hatte er gerade angestellt? Noch nichts. Er zwang sich, tief Luft zu holen. Was um alles in der Welt war nur mit ihm los? Er lenkte seinen Blick wieder zurück auf den Kalender seines Computers und erstarrte. Es blieben weniger als zwei Wochen bis Weihnachten. Verflixt, es war schon fast der fünfzehnte des Monats.

Sonntag.

Plötzlich fragte er sich, ob es schon zu spät war, um für morgen einen Flug nach San Francisco zu buchen.

Chloe hatte den Lieferdienst gerade nach oben ins Hauptschlafzimmer mit dem Doppelbett geschickt, das sie sich aus dem Lagerraum ausgesucht hatte, und wollte gerade die Haustür hinter den Männern schließen, als Emily Archer auf dem Gehweg auftauchte.

Sie winkte Chloe zu und kam mit einem Korb in der einen Hand auf sie zu. »Hallo, Chloe! Ich habe dir ein paar Backwaren mitgebracht, um dich zu Hause willkommen zu heißen.«

Chloe lächelte herzlich und war erfreut, als Emily sie umarmte. »Und, wie läuft es?«, fragte Emily, als sie das Haus betrat. Sie schritt durch das Esszimmer in die Küche, was offenbarte, dass sie sehr gut mit dem Haus vertraut war.

Chloe folgte ihr und kam gerade in die Küche, als Emily den Korb auf den Tresen stellte. »Es läuft gut. Nochmals danke für die Einrichtung.«

»Tut mir leid, dass ich dich heute Morgen nicht begleiten konnte. Wie ich sehe, hast du das dunkelbraune Sofa ausgesucht. Eine gute Wahl, es ist sehr bequem. Und ich hoffe, du hast das Bett genommen, von dem ich dir erzählt habe – das Bett mit den Pfosten.« Emily zog die Handschuhe aus und legte sie neben den Korb.

»Das habe ich. Und einige dazu passende Einzelteile. Ach, und gestern habe ich einen Katzenturm gekauft. Der steht oben im Gästezimmer. Ashley liebt ihn.«

Emily zog ihren Mantel aus und legte ihn über die Theke. »Wo ist Derek? Ich habe sein Auto nicht gesehen.«

Ein Stich des Unbehagens durchdrang Chloes Brust. »Das liegt daran, dass er nicht hier ist.« Gestern hatte er eine Nachricht hinterlassen, die besagte, dass er gestern Abend einen Termin mit seinem Trainer hatte, doch dass er sich heute oder Samstag melden wollte. Er hatte sich noch einmal dafür entschuldigt, dass er sie am Mittwoch nach Hause bringen musste, und ihr versprochen er würde das nachholen. Chloe hatte allerdings ihre Zweifel, dass es dazu kommen würde. Vielleicht hätte sie das Haus doch nicht mieten sollen, auch wenn er ihr das geraten hatte. Sie wollte ihn nicht wegen des Hauses verlieren.

Emily entging die Frustration in Chloes Stimme offensichtlich nicht. »Ist es das Haus? Ich habe sowas schon gedacht. Er ist die ganze Woche nicht nach Hause gekommen, und das ist ungewöhnlich für ihn. Wie lief euer Rendezvous neulich Abend?«

Chloe hatte nicht das Gefühl, dass Emily aus Neugier fragte. Ja, sie war für Derek eine Art Mutter, aber Chloe hatte das Gefühl, dass Emily und sie während ihrer kurzen Bekanntschaft eine Freundschaft entwickelt hatten, was sie, egal was mit Derek passierte, glauben ließ, immer eine Freundin – oder Freunde – im Haus der Archers zu finden. »Es lief großartig. Aber seitdem ist er sehr distanziert. Ich glaube, er hat Probleme mit dem Haus, obwohl er nicht offen darüber spricht.«

Kleine Fältchen bildeten sich um Emilys Augen, als sie Chloe mit warmer Sorge ansah. »Ich weiß, dass ich das schon einmal gesagt habe, aber bitte fasse dich in Geduld. Es ist eine schwierige Zeit für ihn, und dieses Jahr wird es noch schwieriger als die anderen sein.« Eilends fügte sie hinzu: »Nicht wegen dir. Ich glaube sogar, du könntest die Einzige sein, die ihn unversehrt ins neue Jahr bringt.« Darauf gab sie Chloe einen sanften Klaps auf den Arm.

Was hatte das alles zu bedeuten? »Ich wünschte, du könntest etwas genauer sein. Ich verlange nicht, dass du mir etwas verrätst, wovon Derek nicht möchte, dass ich es weiß, aber ich muss zugeben, dass ich frustriert bin. Ich weiß, dass da … etwas zwischen uns ist, aber wenn er mir nicht entgegenkommt, hilft das nicht.«

Etwas beschrieb nicht einmal annähernd, was sie fühlte. Sie war dabei, sich in ihn zu verlieben, und inzwischen bereits so weit, dass sie auf jeden Fall am Boden zerstört sein würde, wenn die Sache nicht klappte. Noch nie war sie wegen einer Beziehung am Boden zerstört gewesen – die Trennung von Ed war schrecklich gewesen, aber sie hatte keinesfalls das Gefühl gehabt, dass sie sich nicht wieder erholen könnte. Eher hatte es sich wie ein Neuanfang angefühlt – und der Gedanke jagte ihr eine Heidenangst ein. Doch trotz dieser Angst war sie bereit, mit Derek ein Risiko einzugehen. Deshalb war sie auch nicht zu seinem Loft gestürmt und hatte ihn zur Rede gestellt.

Ja, sie würde sich in Geduld üben. Denn tief in ihrer Seele spürte sie, dass er es wert war. Vielleicht hatte Emily wirklich recht, und vielleicht konnte Chloe ihm helfen, durchzustehen, was auch immer er durchstehen musste. Jedenfalls würde sie es versuchen. Plötzlich schoss ihr ein Plan durch den Kopf.

»Du siehst aus, als wäre dir eine Idee gekommen«, meinte Emily und legte den Kopf schief.

Chloe grinste sie an. »So ist es und das habe ich dir zu verdanken.«

Emily wirkte ein wenig verwirrt, doch dann schüttelte sie lächelnd den Kopf. »Also gut. Ich werde mich darum kümmern, dass etwas von dem Lagerzeug herübergebracht wird. Bist du später hier?«

»Ich muss nach Newberg fahren, um ein paar grundlegende Dinge einzukaufen – Handtücher, Geschirr und so weiter.« Sie hob die Hand, um Emily davon abzuhalten, ihr weitere Dinge anzubieten. »Ich habe keine Schwierigkeiten mit der Anschaffung, wirklich nicht. Es gefällt mir, meine eigenen Sachen zu haben.« Tatsächlich hatte sie eine heimliche Leidenschaft für Küchenutensilien und freute sich darauf, neue Pfannenwender und Schneebesen auszusuchen, so seltsam das auch klingen mochte.

Emily nickte. »Das verstehe ich vollkommen. Ich werde sehen, dass ich die Sachen gegen fünf Uhr oder so vorbeibringe, geht das?«

»Perfekt.« So blieb ihr genügend Zeit, um die benötigten Dinge zu besorgen – darunter auch einen Weihnachtsbaumständer. Ihr Plan würde entweder ein voller Erfolg werden oder ihr um die Ohren fliegen. Wie auch immer, sie war Feuer und Flamme.

Kapitel Elf

Geduscht und angezogen und mit dem Wissen, dass ihm anscheinend kein anderer Ort als die Hölle blieb, schritt Derek am Samstagmorgen in seinem Loft umher. Gestern Abend war er so kurz davor gewesen, Chloe anzurufen, aber jedes Mal, wenn er an sie dachte und sie sich in dem Haus vorstellte – seinem Haus –, war ihm das Blut in den Adern gefroren und er hatte etwas anderes zu tun gefunden. Am Ende hatte er sich auf sein Sofa gesetzt, das ihn nun auf quälende Weise an Chloe erinnerte, und blindlings auf den Fernseher gestarrt, bis es viel zu spät war.

Es klingelte an seiner Tür und er erstarrte. Er rechnete mit niemandem. Bleierne Füße trugen ihn zum Eingang, denn er war sich ziemlich sicher, wer da auf der anderen Seite stand: Chloe hatte ihren freien Tag.

Er öffnete die Tür und sein Herz schlug ihm bei Chloes sonniger Schönheit bis zum Hals. Sie trug einen niedlichen grauen Hut über ihrem blonden Haar und lächelte ihn breit an, während sie zwei Tassen hochhielt. »Hatten Sie einen Chai Latte bestellt?«

Warum hatte er sie nicht angerufen? Seine Nachlässigkeit erschien ihm in diesem Moment so schrecklich und so sinnlos. Ein warmes Gefühl erfasste ihn, und er konnte nicht anders, als sie anzulächeln. »Das habe ich möglicherweise.«

»Nimm deinen Mantel. Und die Handschuhe. Und was du sonst noch brauchst, um mit mir einen Weihnachtsbaum zu fällen. Ich habe wirklich keine Ahnung, was man dafür braucht. Hast du irgendwo in deinem schicken Loft eine Kettensäge versteckt?« Sie machte eine Show, indem sie sich umschaute.

»Du brauchst keine Kettensäge. Die Bauernhöfe haben Handsägen. Das Wichtigste ist, dass sie kürzlich geschärft wurden. Es gibt nichts Schlimmeres als den Versuch, einen Weihnachtsbaum mit einer stumpfen Klinge zu fällen.«

»Klingt wichtig.« Sie ließ den Blick über ihn schweifen, wobei ihm ganz heiß wurde, und das insbesondere in den Regionen unterhalb seiner Taille. »Dann beeil dich, ich will schließlich nicht, dass all die guten Bäume schon weg sind.«

Er lachte. »Das ist nicht wie bei einem Baumverkaufsstand. Man könnte buchstäblich den ganzen Tag mit der Suche nach dem perfekten Baum verbringen. Ich musste schon einmal vier oder fünf verschiedene Farmen abklappern.«

Sie zog eine Augenbraue hoch. »Ich hatte keine Ahnung, dass du so ein pflegeintensiver Baum-Snob bist.«

Er nahm seinen schweren Wintermantel vom Haken und wusste, dass in den Taschen Handschuhe steckten. Zum Baumfällen würde er allerdings seine Arbeitshandschuhe brauchen. »Wir müssen bei meinem Auto anhalten, damit ich meine Handschuhe holen kann.«

»In der Tat, du fährst«, meinte sie und reichte ihm seinen Tee. Sie drehte sich um und schritt zum Aufzug.

»Ich bin zu Fuß hergekommen. Ich dachte, du solltest fahren, da ich keine Ahnung habe, wohin genau es geht.«

Sie war zu Fuß gekommen – wie sie es gesagt hatte. Von seinem Haus. Ihrem Haus. Verdammt, er musste aufhören, dieses Haus so zu sehen. Es war wirklich nicht sein Haus. Es war bloß ein Ort, an dem er acht Jahre lang mit seiner Mutter gelebt hatte? Es war nicht einmal das Haus, in dem er am längsten gelebt hatte. Das war in Tacoma gewesen. Mit seinen beiden Eltern. Ein eisiger Schauder überlief seinen Nacken, und seine Füße wankten.

Chloe drückte auf den Knopf des Aufzugs und drehte sich zu ihm um. »Kommst du nicht mit?«

Er konnte den leisen Anflug von Unsicherheit in ihrer Stimme heraushören und hasste sich selbst dafür. Warum tat er ihr das an? Entweder konnte er mit dem Haus klarkommen – ihrem Haus – oder er konnte es nicht. Es war an der Zeit, seinen Mann zu stehen.

»Ja.« Dann schloss er die Tür hinter sich und ging zu ihr hin.

Einige Minuten später saßen sie in seinem Auto, und die Sitzheizung war voll aufgedreht. Er verließ die Garage und fuhr aus der Stadt hinaus, um in die Red Hills einzubiegen. Er nahm sie zu der Farm mit, wo er seinen Baum geholt hatte, aber nach nur fünf Minuten sagte sie: »Nein.«

»Woher weißt du das?«, fragte er. »Du hast doch kaum hingesehen.«

»Die Bäume sind alle zu groß. Ich will nur einen Baum von eineinhalb Meter oder so. Ich habe genau zwei LED-Lichterketten und drei Pakete mit preiswertem Weihnachtsschmuck, den ich gestern bei Target erstanden habe.«

»Ich glaube, ich weiß, wo wir als Nächstes hingehen.« Sie stiegen wieder ins Auto, und er fuhr sie zu einer kleinen Farm, die von einem pensionierten Mann und seiner Frau

betrieben wurde. Es war eines der ruhigeren Jahre, denn
der Bauer wartete darauf, dass sein Baumbestand erst noch
weiter heranwuchs. Er hatte einige gute Bäume, aber die
meisten waren noch zu klein.

Chloe sprang aus dem Geländewagen und lächelte.
»Viel besser. Wie soll ich mich nur jemals entscheiden?«

Mr. Shaefer kam mit einem breiten Lächeln auf sie zu.
»Derek, ich hätte nicht gedacht, dass ich Sie dieses Jahr
sehen würde. Ich weiß, dass Sie Ihre Bäume ziemlich groß
mögen.«

»Ja, Sir, aber meine Freundin braucht einen kleineren
Baum. Etwa eineinhalb Meter oder so.«

»Dann seid ihr hier richtig.« Er reichte Derek eine Säge.
»Hier, bitte sehr. Sie wissen, wie es geht. Ein Baum dieser
Größe kostet Sie nur fünfundzwanzig Dollar.«

Derek nahm die Säge in die eine Hand und Chloes
Hand in die andere. »Hört sich gut an. Wir sehen uns gleich
wieder.«

Chloe lief neben ihm her, als sie sich zwischen den
Bäumen auf den Weg machten. »Freundin?«, fragte sie.

»Hätte ich dich als meinen One-Night-Stand vorstellen
sollen?«

Sie blieb stehen und zerrte an seiner Hand, damit auch
er anhielt. »Du machst Witze, oder?«

Ein eisiges Gefühle dämpfte seine Stimmung, als er
merkte, dass sie wirklich – und zu Recht - verärgert war. Er
wandte sich ihr zu und wollte ihre Empörung beschwichti-
gen. Zumindest das war er ihr schuldig, aber wahrscheinlich sogar noch viel mehr. »Natürlich. Ich war ein totaler
Mistkerl. Ich hätte dich gestern Abend anrufen sollen. Ich
hatte es vor. Ich habe nur ...« Er wandte den Blick ab. »Jetzt
bin ich eine kaputte Schallplatte.«

Sie drückte seine Hand. »Du bist nicht kaputt. Nicht

wie eine Schallplatte, und auch sonst in keiner Weise. Ich bin in der Lage, sehr geduldig zu sein. Ich weiß, dass mein Umzug in dein altes Haus nicht leicht für dich war. Und ich erwarte nicht, dass du von heute auf morgen perfekt damit klarkommst. Aber ich werde nirgendwo hingehen. Es sei denn, du sagst mir das, und dann solltest du dich besser genau ausdrücken. Lass mich nicht einfach hängen, sonst muss ich den Archers sagen, was für ein Widerling du bist.«

»Autsch.« Er war ihr für den Humor dankbar, der in ihrem Ton mitschwang. Mehr als das, war er über ihre Hilfsbereitschaft und Großzügigkeit vollkommen verwundert. »Also kann ich dich immer noch meine Freundin nennen?«

»Das solltest du auch.« Sie schenkte ihm ein keckes Lächeln, und er konnte nicht widerstehen, an ihrer Hand zu ziehen, bis sie an seinen Oberkörper prallte. Er starrte sie einen langen Moment an, ehe er sie küsste, und diese Magie, die er immer bei ihr gespürt hatte, bahnte sich ihren Weg durch seine Adern und schlang sich fest um sein Herz.

Sie löste sich von ihm, ließ aber nicht von seiner Hand ab. »Komm schon, es sieht aus, als wollte es regnen.«

Der Himmel war grau, wie an einem typischen Dezembertag, aber sie hatte recht, die Wolken schienen sich zu verdichten.

Sie schauten sich die Bäume an und tauschten sich über ihre verschiedenen Eigenschaften aus. »Zu dünn«, befand sie bei einem, den Derek hervorhob.

»Dünn macht sich in meinem Loft besser«, meinte er.

Ihre Augenlider senkten sich verführerisch kurz. »Ich möchte etwas Rundlicheres.«

Er streichelte die Wölbung ihrer Hüfte und legte die Handfläche dann flach auf ihren Hintern. »Ich auch.«

Sie lachte und sprang dann von ihm weg.

Bei dem nächsten Baum, den er ihr zeigte, war es nicht besser. »Zu spindeldürr«, befand sie. »Ich mag ein paar Muskeln an meinen Bäumen.« Sie streichelte die Vorderseite seines Mantels, und ihre Handfläche drückte dabei gegen seine Brust. »Ein Jammer, dass du so viel Kleidung trägst«, seufzte sie.

Das war wirklich ein Jammer. Er war schon halb erregt, als er an eine Wiederholung der Aktivitäten unter seiner Dusche dachte. Scheiß drauf, was war falsch an einem kleinen Liebesspiel unter Weihnachtsbäumen? Abgesehen von der fast eisigen Temperatur und dem totalen Mangel von Privatsphäre. Wenngleich Letzteres eigentlich ein wenig anregend war, wie er überrascht feststellte.

Mit diesem Gedanken im Hinterkopf zog er Chloe wieder an seine Brust und drehte sie zu einem Platz zwischen zwei ziemlich buschigen Bäumen, die zumindest ein wenig Sichtschutz boten – nicht, dass es auf der Farm von Menschen gewimmelt hätte. Es waren vielleicht noch zwei andere Autos hier.

»Diese Bäume sind zu umfangreich«, meinte sie.

»Ich zeige dir etwas Umfangreiches«, kündigte er mit seiner schmalzigsten Stimme an, bevor er ihren lachenden Mund küsste.

Als ihre Zunge auf die seine traf, wurde er ziemlich schnell nüchtern, und schon bald drohte die Hitze zwischen ihnen, den Baumhof niederzubrennen. Sie klammerte sich an seinen Rücken, und ihr Leib schmiegte sich mit süßer Hingabe an seinen. Er stöhnte leise auf und wünschte, sie wären nicht so weit weg von ... irgendwo, wo es ein Minimum an Wärme gäbe.

Plötzlich zog sie sich zurück. »Da!« Sie zeigte hinter ihn.

Er drehte sich um und sah einen fünf Fuß hohen Baum,

der weder zu breit noch zu dünn oder zu spärlich war. »Das ist er?«

»Das ist er«, bestätigte sie mit einem Anflug von Verwunderung in der Stimme.

Er merkte, dass sie ihn ansah, und nicht ihren Baum. In dem Moment blieb die Zeit stehen, aber dann sah er weg und ging auf den Baum zu. Was war nur los mit ihm? Sie war perfekt. Er ... liebte sie? Vielleicht. Wahrscheinlich. Verdammt, er war sich nicht sicher, ob er überhaupt wusste, wie sich das anfühlte. Aber er wusste, dass der Schmerz in seiner Brust nur noch stärker wurde, wenn er an eine Zukunft mit ihr dachte. Das Problem war, dass er sich nicht entscheiden konnte, ob es ein guter oder ein schlechter Schmerz war. Bislang war er das immer nur als schlechten Schmerz erlebt.

»Wie machen wir das?«, fragte sie, ohne sich anmerken zu lassen, dass er gerade einen völlig romantischen Moment versäumt hatte.

»Ich ziehe meinen Mantel aus, denn mir wird heiß dabei werden.«

Ihre Brauen kletterten bis zu ihrer Stirn hinauf, und sie warf ihm einen verführerischen Blick zu. »Heiß?«

»Aha.« Himmel, er hatte so viel Glück. »Ich lege ihn auf den Boden, damit ich nicht schmutzig werde.«

»Aber dein Mantel wird schmutzig.«

»Gründlich. Das ist zu erwarten.» Er streifte seinen Mantel ab, fröstelte vor Kälte und legte das Kleidungsstück flach neben ihren Baum. »So komme ich am besten hier runter.« Er ließ sich auf den Boden fallen und legte sich auf die Seite.

»Oh«, meinte sie und klang atemlos – vielleicht künstlich, was ihn zum Lächeln brachte. »Ich wusste nicht, dass du dich hinlegen würdest. Darf ich helfen?«

»Natürlich. Aber leider musst du stehen. Ich werde den Stamm zur Hälfte durchschneiden und dann lasse ich dich dort oben auf den Stamm drücken, damit ich den Rest durchsägen kann.«

»Dann wird er umfallen?«

Er nickte.

»Und wer sagt ›Baum fällt‹, ich oder du?«

Er lachte. »Du kannst es sagen.«

»Wird gemacht.«

Derek machte sich daran, den Baum zu fällen. Er sägte ein paar Minuten lang, dann hielt er inne, um eine Pause einzulegen. Er rollte sich leicht auf den Rücken und schaute zu ihr auf.

»Was ist los?«, fragte sie.

»Ich ruhe mich nur aus, wenn es dir recht ist«, entgegnete er spielerisch.

»Oh! Natürlich. Nimm dir alle Zeit, die du brauchst. Aber je länger du da unten liegst, desto mehr bin ich versucht, mich zu dir zu gesellen, und was passiert dann mit meinem halb gefällten Baum?« Sie tippte sich mit dem lila behandschuhten Finger an die Lippe. »Andererseits, wenn du schneller zur Sache gehst, sind wir auch viel schneller zu Hause. Wo es warm ist. Und ein Bett steht.«

Er rollte sich auf die Seite und fing an, schneller zu sägen, was sie mit einem Lachen quittierte. Etwa eine Minute später rief er ihr zu: »Okay, schieb den Stamm von mir weg.«

Sie stellte sich dicht neben ihn, und ihre Füße waren nahe bei seinem Hintern, und er beugte sich vor, um den Baum zu schieben. »So?«

Der Stamm verbog sich, und er verstärkte seine Sägebewegungen. Einen Moment später hörte er sie schreien: »Baum fällt!«

Als er aufstand, grinste sie von Ohr zu Ohr. »Du hast recht, es gibt keinen besseren Weg, einen Baum zu bekommen!«

Er hob seinen Mantel auf, zog ihn an und schloss den Reißverschluss auf der Vorderseite. »Okay, Holzfäller, lass uns den Baum zum Auto bringen. Du nimmst die Spitze, und ich trage den Stamm.«

Sie salutierte. »Ja, Sir!«

Eine Minute später schlängelten sie sich durch die Bäume zurück zu seinem Geländewagen. Er konnte sich nicht erinnern, wann er sich das letzte Mal so gut gefühlt hatte – vielleicht noch nie. Jedenfalls hatte die Suche nach dem Baum noch nie so viel Spaß gemacht. Er war so froh, dass sie heute Morgen zu seinem Loft gekommen war. Er wusste nicht, womit er sie verdiente, aber er wusste, dass er es besser schnell herausfinden sollte, damit er es weiterhin tun konnte.

Mr. Shaefer versorgte sie mit einem heißen Kakao und kleinen Zuckerstangen, während der Baum durch die Bindemaschine lief. Dann half er Derek, ihn auf dem Autodach festzubinden.

Auf dem Rückweg in die Stadt plapperte sie darüber, wie viel besser es hier war, als zu Hause einen Weihnachtsbaum zu beschaffen, und die ganze Zeit dachte er darüber nach, dass der heutige Tag besser als alle anderen war. Allmählich glaubte er, dass der Schmerz in seiner Brust ein guter Schmerz war.

Als er nach Ribbon Ridge einfuhr, wurde der Schmerz in seiner Brust allerdings stärker und bald von dem bekannten kalten Schweiß begleitet. Denn er wusste, wohin er fuhr – zu ihrem Haus. Es gelang ihm, den Wagen in diese Richtung zu lenken, und als er die Fifth Avenue hinauffuhr – eine Straße, die er stets tunlichst vermied –, fühlte sich sein ganzer Körper wie starres Eis an.

Er bog in die Einfahrt zu der freistehenden Doppelgarage im hinteren Teil des Grundstücks ein und brachte den Wagen zum Stehen, ohne den Motor abzustellen. Er starrte einfach auf die Lebkuchen, die die vertraute Veranda schmückten, und auf die kahlen Arme des Hartriegelbaums, den seine Mutter gepflanzt hatte.

Seine Kehle fühlte sich eng und rau an. Er konnte kein Wort hervorbringen.

Sie streckte ihre Hand aus und berührte die seine. »Derek?«

Er nickte und zwang sich irgendwie seinen Kopf und Hals zu bewegen. »Es geht mir gut«, brachte er krächzend hervor, aber sie konnte offensichtlich erkennen, dass es ihm nicht gut ging. Es war ihm nicht recht, dass sie ihn so sah. Er wollte nicht so *sein*. Dann dachte er, er könnte es schaffen, doch dem war nicht so. Er würde den Baum abladen, doch dann musste er gehen. Er konnte sie nicht ansehen. Sie hatte etwas Besseres verdient als einen Schwachsinnigen, der nicht einmal ein blödes Haus *ansehen* konnte, ohne die Nerven zu verlieren.

»Chloe, ich muss gehen.«

Sie zog seine Hand in ihren Schoß und hielt sie fest. »Nein, das brauchst du nicht. Wir bleiben nur einen Moment hier sitzen.«

»Ich kann nicht. Lass mich den Baum für dich vom Auto holen, aber dann ... Ich muss gehen.«

Sie schwieg einen langen Moment, aber er sah sie immer noch nicht an. »Ich hole den Baumständer.«

Sie stieg aus dem Wagen und er konnte nicht anders, als auch auszusteigen, um dann so schnell wie möglich wegfahren zu können. So wie er letzten Sonntag abgehauen war. Was für ein Feigling war er eigentlich?

Als er ausgestiegen war, wandte er dem Haus den Rücken zu. Methodisch löste er den Baum, wobei sein Herz immer kälter wurde und seine Brust immer enger.

Was für ein Feigling war er eigentlich? Einer von der schlimmsten Sorte. Denn sobald er den Baum auf dem Boden hatte, machte er die Autotür wieder auf, um wegzufahren.

* * *

Chloe eilte nach drinnen, um den Baumständer aus dem Wohnzimmer zu holen, wo sie ihn gestern Abend ausgepackt hatte. Sie eilte wieder hinaus, weil sie befürchtete, er könnte abfahren, ohne sich zu verabschieden. Als sie auf die Veranda trat, schlug ihr das Herz bis zum Hals. Er hatte den Baum losgebunden, ihn auf die Auffahrt gestellt und stand schon mit einem Fuß im Auto.

Adrenalin schoss durch sie hindurch, angeheizt durch Mitgefühl und Enttäuschung. Sie wünschte sich, er würde bleiben, damit sie ihm helfen konnte. »Du haust doch nicht schon wieder ab, oder?«

Er erstarrte, als er sie sah, während er mit einer Hand den oberen Rand seiner Tür umklammerte. »Der Baum ist nicht so groß. Du schaffst das, da bin ich sicher.«

Sie ging zur Einfahrt und stellte den Ständer neben den Baum. »Du läufst davon.«

Seine strahlend blauen Augen wichen nicht von ihren. Wenigstens hatte er den Mut, ihr ins Gesicht zu schauen. »Es ist besser so.«

Die Frustration überwältigte ihr Mitgefühl. »Wir haben etwas zusammen, Derek. Oder bin ich der einzige Mensch, der sich neulich Abend unglaublich amüsiert hat? Ganz zu schweigen von heute und jedem anderen Augenblick, den wir zusammen verbracht haben. Du bringst mich zum Lachen und ich fühle Dinge, die ich noch nie zuvor gefühlt habe. Wie kann dein Aufbruch dann zum Besten sein?«

Er zuckte zurück und sah dann weg. »Ich hätte es dir schon früher sagen sollen, aber ich denke über ein Stellenangebot in San Francisco nach.«

Er hätte wirklich nichts sagen können, was sie mehr schockiert hätte. »Du würdest Ribbon Ridge verlassen?« Zugegeben, sie kannte ihn erst seit etwas mehr als einer Woche, aber in dieser Zeit hatte sie ihn ziemlich gut kennengelernt, und sie hatte ihn mit seiner Familie gesehen, was sehr aufschlussreich war. Sie hätte ihren Versicherungsscheck darauf verwettet, dass er diese Familie oder seine Wahlheimat nie verlassen würde.

Er zuckte mit den Schultern und sah immer noch weg. »Warum nicht? Es hat bei allen anderen gut geklappt.«

Meinte er nun die Archer Kinder, oder meinte er auch sie? »Was ist mit den Archers? Wissen sie von dieser Stelle?«

»Nein.«

»Ich kann nicht glauben, dass du sie verlassen würdest, insbesondere wenn man deine eigene Einstellung darüber bedenkt, dass ihre eigenen Kinder fortgegangen sind.«

Wieder schaute er sie an und noch nie hatte sie so eine Kälte in seinem Blick gesehen. »Du musst gerade reden. Hast du deine Familie nicht verlassen, weil du eine bessere Chance sahst?«

Sie spürte, dass er rationale Überlegungen anstellte. Sie glaubte nur nicht, dass er wirklich so empfand. Er liebte die Archers. Er liebte es, Teil ihrer Familie zu sein. Und er liebte Ribbon Ridge. »Das ist nicht, was du tust. Du läufst davon.«

»Hast du das nicht auch getan? Du bist nicht vor einer kontrollierenden Familie und einem Ex-Verlobten weggelaufen?«

Scharf atmete sie ein, und die kalte Luft füllte ihre Lungen, was ihre Frustration noch verstärkte. Bei ihm lief sie einfach vor eine Wand. Sie war sich so sicher gewesen, es schaffen zu können, dass sie geduldig sein konnte, aber wenn er weglief ... sie spürte bereits, wie er ihr entglitt. Dann rückte sie dichter an ihn heran und wählte ihre Worte mit äußerster Sorgfalt. »Vielleicht bin ich wirklich davongelaufen. Aber ich bin auf etwas *zu*gelaufen. Ich hatte meine Hoffnung auf dieses Leben gesetzt, das ich für mich gewählt habe. Warum würdest du diese Stelle in San Francisco annehmen? Du bist hier glücklich, und das ist ein Unterschied. In Pittsburgh war ich nicht im Entferntesten glücklich. Jetzt bin ich glücklicher als je zuvor.« Sie wartete auf eine Reaktion, doch er blieb eiskalt, und mit starren Augen blickte er in den grauen Nachmittag hinein. Sie trat näher an ihn heran, nahe genug, um sein Gesicht zu berühren. »Geh bitte nicht.«

Seine eisige Miene löste sich – es war nur eine Nuance, als seine Augenbraue zuckte. Sie dachte schon, sie hätte vielleicht gewonnen ...

»Ich werde darüber nachdenken.« Dann stieg er in seinen Wagen und schloss die Tür.

Als er rückwärts aus der Einfahrt fuhr, schlang sie die Arme um ihre Mitte und sah ihm beim Wegfahren nach. Sie konnte geduldig sein, wie Emily sie gebeten hatte, aber nicht für jemanden, der nicht wollte, dass man auf ihn wartete. Und sie wollte nicht diejenige sein, die ihn aus dem Ort und von den Menschen vertrieb, die er am meisten

liebte – denn dies waren die Dinge, die er zum Glücklich-
sein brauchte.

Als ihr kalt wurde, drehte sie sich um und hob den
Baum in den Ständer. Da er klein war, war er einfach
aufzustellen, und der Ständer war für Unwissende gebaut,
und mit einem Fußpedal, um ihn waagerecht auszurichten,
sobald sie den Baum hineingestellt hatte. Schweren
Herzens hob sie den Baum hoch und brachte ihn ins Wohnzimmer in die Ecke neben dem Gaskamin. Sie hatte erwartet, dass sich das Haus durch seine Anwesenheit plötzlich
wie ein Zuhause anfühlen würde, aber stattdessen fühlte sie
sich jetzt nur noch miserabler.

Dieses Haus hatte alles ruiniert. Hätte sie es nicht
gemietet, hätten Derek und sie ihr fröhliches Miteinander
fortgesetzt und wären hoffentlich bis ans Ende ihrer Tage
glücklich gewesen.

Sie runzelte die Stirn. Nein, sie glaubte nicht, dass das
stimmte. Das Haus bildete zwar eindeutig den Auslöser
dafür, womit Derek zu kämpfen hatte, aber sie war sich
sicher, dass seine Probleme auch ohne das Haus zutage
getreten wären und ein Hindernis dargestellt hätten. Emily
hatte es für überfällig erachtet, dass er sich mit diesen
Dingen auseinandersetzte, und vielleicht war es das auch.
Vielleicht hatte Chloe einfach nur das Pech gehabt, sich zur
falschen Zeit in den richtigen Mann zu verlieben.

Konnte sie warten? Auf jeden Fall. Aber wie lange?
Und würde er das überhaupt wollen?

Ganz klar war jetzt er am Zug. Sie hoffte nur, dass er
einen machen würde.

Kapitel Zwölf

Am folgenden Tag lag Derek in einer Trainingshose und einem College Sweatshirt auf seinem Sofa. Nicht einmal Football konnte ihn aufheitern. Als es an seiner Tür summte, ignorierte er es. Einen Moment später summte auch sein Telefon. Er hob es vom Tisch auf und sah, dass die SMS von Rob stammte. Sie lautete: Mach verdammt noch mal die Tür auf.

Also gut.

Derek erhob sich vom Sofa, ging zur Tür und rieb sich mit der Hand über sein unrasiertes Kinn. Abgesehen davon, dass heute der 15. Dezember war – der absolut schrecklichste Tag des Jahres –, war er sich reichlich sicher, dass Chloe ihm die gestrige Aktion niemals nachsehen würde, und das konnte er ihr auch nicht verübeln. Jetzt klang es ganz danach, als ob auch Rob erzürnt sein könnte. Vielleicht kam die Stelle in San Francisco gerade zur rechten Zeit.

Er schwang die Tür auf. »Komm herein.«

Robs Augenbrauen lagen tief über seinen Augen, und das war ein Ausdruck der Verärgerung, den Derek bisher nur bei miesen Verkäufern oder in heiklen Verhandlungsgesprächen gesehen hatte. Und gelegentlich bei einem seiner Kinder. Einem seiner *echten* Kinder.

Rob betrat das Loft und blieb erst stehen, als er die Küchentheke erreicht hatte. Dann drehte er sich um und warf Derek, der ihm gefolgt war, einen vollkommen unsympathischen Blick zu. »Sieht aus, als hättest du die Sache mit Chloe gründlich vermasselt.«

Also hatte sie etwas zu ihnen gesagt? Derek konnte es ihr nicht verübeln. »Wahrscheinlich.«

Rob stützte sich mit der Hüfte an den Tresen. »Sie kam gestern Abend zum Abendessen – und sei ihr ja nicht böse, sie hat kein Wort gesagt. Aber wenn deine Freundin vorbeikommt und du nicht, sagt das viel aus. Sie ist doch deine Freundin, nicht wahr?«

»Wahrscheinlich ist sie das nicht.« Wegen seiner eigenen Dummheit.

»Was ist das denn für eine Antwort?« Jetzt wirkte Rob *wirklich* sauer. Er verschränkte die Arme vor der Brust. »Hör zu! Nie habe ich etwas wegen der anderen Mädchen gesagt, die du aus Dummheit hast gehen lassen, aber diese hier ist etwas Besonderes. Sie könnte sehr wohl die Richtige sein, und du stehst dir selbst im Weg. Hör auf damit.«

»Danke, aber ich kann mich nicht erinnern, dich um einen Ratschlag gebeten zu haben.« Derek durchmaß das Esszimmer und konzentrierte sich auf das Bier, das er auf seinem Couchtisch abgestellt hatte.

»Das ist schade.« Es klang, als wäre Rob ihm gefolgt, aber Derek drehte sich nicht um. »Ich habe versucht, eine Vaterfigur zu sein, und es ist die Aufgabe eines Vaters, Ratschläge zu erteilen, insbesondere wenn sie unerwünscht sind. Aber mir ist klar, dass ich nicht dein Vater bin. Du hattest einen Vater – erinnerst du dich überhaupt noch daran?«

Die Frage traf Derek wie ein Pfeil in den Rücken. Wie konnte er das jemals vergessen? Und das ausgerechnet heute, an dem Tag, an dem sein Vater im Dienst erschossen worden war.

Derek drehte sich, Wut schoss durch seine Adern, aber er sagte nichts. Er sah nicht Rob, er sah seinen Vater. Der war wirklich groß gewesen – und von ihm hatte Derek seine Größe – und die imposante Statur. Er musste ein toller Polizist gewesen sein. Derek erinnerte sich, dass er viel trainiert hatte, und das Ergebnis war, dass er einen knallharten Körperbau hatte. Aber trotz seines knallharten Aussehens lachte er viel, und er hatte diese kleinen Fältchen um seinen Mund und seine Augen, die so blau wie Dereks gewesen waren. Derek konnte sich erinnern, wie er ihm mit diesem Mund vorgelesen hatte – jeden Abend, wenn er nicht gerade Schicht hatte – und wie er ihn aus diesem Mund bei seinen Baseballspielen anfeuerte. Sein Arbeitsplan hatte es ihm nicht erlaubt, Trainer zu sein, aber er war zumindest zu jedem Spiel gekommen. Am stärksten war jedoch Dereks Erinnerung daran, wie er allein mit seinem Vater campen war. Vor seinem Tod hatten sie das nur zweimal gemacht, aber diese beiden Wochenenden hatten sich in Dereks Gedächtnis eingebrannt, als wäre es gestern gewesen. Nur sie beide. Männer gegen den Rest der Welt. Vater und Sohn.

Nur schwer bahnte sich die Luft ihren Weg in Dereks Lungen. Die Kehle war ihm gefährlich eng geworden und seine Brust wie zugeschnürt. Denn nach all dem erinnerte er sich an den Kummer. Nicht nur an seinen, sondern auch an den seiner Mutter. Zu sagen, dass sie vom Tod ihres Mannes am Boden zerstört worden war, wäre eine Untertreibung. Derek war klar, jetzt, da er selbst wusste, was Liebe war – und er war definitiv in Chloe verliebt –, dass seine Mutter seinen Tod nie überwunden hatte.

»Ja, ich erinnere mich«, meinte Derek schließlich, und seine Stimme klang wie Sandpapier.

»Nie hast du dich mit seinem Tod auseinandergesetzt«, meinte Rob leise und sah auf den Boden. »Und als deine Mutter starb, hast du dich auch nicht wirklich damit auseinandergesetzt.«

Das hatte er nicht. Für lange Zeit war sie an Krebs erkrankt, und als sie starb, war es eine Art Erleichterung gewesen, was bei ihm nur Schuldgefühle auslöste. Und siebzehnjährige Jungen konnten sich nur sehr schlecht schuldig fühlen, also hatte er alles beiseitegeschoben, um sich später damit zu befassen. Allerdings hatte er diesen Zeitpunkt nie herbeigeführt.

Dereks Blick hatte sein Ziel verloren, und als er sich schüttelte, um in die Gegenwart zurückzukehren, sah er einen Umschlag in Robs ausgestreckter Hand.

»Ich weiß, dass dies ein harter Tag ist, mein Junge. Und ja, ich betrachte dich wie einen meiner Söhne – es ist eine Ehre und ein Privileg.« Er holte tief Luft. »Dies ist ein Brief von deiner Mutter. Sie wollte, dass du ihn am fünfzehnten Dezember öffnest, wenn du vierunddreißig bist. Aber Emily und ich finden, du solltest ihn jetzt öffnen. Wir wissen nicht, was drinsteht, aber für dich ist die Zeit zum Heilen gekommen, und vielleicht hilft dir das.«

Oder vielleicht würde es ihn nur noch mehr verletzen. Vierunddreißig war Dereks Vater bei seinem Tod gewesen. Derek starrte auf den Umschlag, während sein Inneres aufgewühlt war und eine Benommenheit sein Gehirn lähmte.

Wie durch ein Wunder streckte er wie in Zeitlupe die Hand aus und nahm den Brief an sich.

Rob legte eine Hand auf seine Schulter. Derek wollte ihn umarmen, aber er konnte nicht. Alles fühlte sich zu roh an, zu verflucht entblößt. Er begnügte sich damit, ihm leicht zuzunicken.

»Ruf mich an, falls du etwas brauchst. *Egal was.*« Er ließ seine Hand sinken und drehte sich zum Gehen. »Du wirst das durchstehen. Mit Chloe, wenn du sie lässt. Sie ist ein großartiges Mädchen.«

Starr hielt Derek den Brief in seiner Hand und war sich vage bewusst, dass Rob allein zur Tür hinausgegangen war. Langsam begab er sich ins Schlafzimmer und ließ sich auf die Bettkante sinken. Mit zitternden Fingern brach er das Siegel auf und öffnete den Brief. Ein kleines Papier fiel ihm in den Schoß, aber sein Blick blieb auf der vertrauten Handschrift seiner Mutter haften. Sie war Grundschullehrerin gewesen, daher waren ihre Buchstaben schön und perfekt geformt. Er hatte ihre Schrift seit Jahren nicht mehr gesehen, und die Reaktion, die sie auslöste, war instinktiv. Tränen traten ihm in die Augen und seine Kehle schnürte sich weiter zu.

Lieber Derek,

Du bist heute so alt wie dein Vater an dem Tag, an dem er starb. Ich weiß, wie sehr du diesen Tag hasst und wie sehr wir uns jedes Jahr bemüht haben, etwas zu tun, um uns abzulenken. Es war ein Segen, dass es in der Weihnachtszeit war, weil es normalerweise etwas gab, das uns beschäftigte.

und natürlich auch ein Fluch, weil Weihnachten für uns immer mit diesem Verlust behaftet war.

Ich schulde dir eine Entschuldigung. Nach seinem Tod war ich nicht die beste Mutter. Das weißt du wahrscheinlich inzwischen, denn du bist ein kluger Junge. Nein, inzwischen bist du ein kluger Mann. Ich wünschte, ich könnte das miterleben. Vielleicht bist du jetzt auch Vater. Ich wünschte, auch das könnte ich sehen. Du wirst zweifellos ein wundervoller Vater sein. Woher ich das weiß? Weil du den allerbesten Lehrer hattest.

Du bist ihm in so vielen Dingen ähnlich. Deine Freundlichkeit, dein Sinn für Humor, deine Sportlichkeit, deine Liebe zum Lesen. Ich hoffe, du schreibst immer noch Gedichte. Ja, ich wusste, dass du sie geschrieben hast, sogar in der Highschool. Ich weiß nicht, warum du sie versteckt hast. Sie sind ein Geschenk, das man mit anderen teilen sollte. Deshalb gebe ich dir dieses Gedicht, das dein Vater geschrieben hat. Ich weiß nicht, ob du dich daran erinnerst, als du noch ganz klein warst. Er hat es dir immer vorgelesen, als du noch sehr jung warst. Immer wieder zaubert es mir ein Lächeln ins Gesicht, weil es die beiden Männer, die ich auf dieser Welt am meisten geliebt habe, so schön auf den Punkt bringt.

Wisse, dass wir mit Stolz und Liebe auf dich herabblicken. Sei glücklich, Derek. Sei geliebt.

Mama

Stumme Tränen liefen über Dereks Gesicht, und eine tropfte auf seinen Schoß, neben das Papier, das dort lag. Das Gedicht.

Er nahm es in die Hand, und sein Herz schlug ihm, angesichts der Handschrift, die er seit Jahrzehnten nicht mehr gesehen hatte, bis zum Hals.

> Kleiner Mann
> Kleine Hände
> Kleine Füße
> Kleiner Mund
> Großer Schrei
>
> Kleiner Seufzer
> Kleines Lächeln
> Kleines Glucksen
> Großes Gähnen
>
> Wenig Schlaf
> Wenig Wissen
> Wenig Vertrauen
> Große Liebe
>
> Große Veränderung
> Große Verantwortung
> Großes Glück
> Kleiner Mann - ich liebe dich.

Derek hob das Gesicht, als die Tränen unkontrolliert über seine Wangen flossen. Er konnte sich nicht erinnern, wann er das letzte Mal geweint hatte. Seine Kehle war immer noch zugeschnürt, aber seine Brust weitete sich, und er bekam wieder Luft. Das Loch in seinem Herzen schien zu schrumpfen.

Er wusste nicht, wie lange er dort saß, aber schließlich legte er den Brief und das Gedicht auf seinen Nachttisch. Dann wischte er sich mit den Händen über das Gesicht und fuhr sich über die Stoppeln am Kinn. Er musste entsetzlich aussehen.

Und für das, was er vorhatte, konnte er unmöglich wie eine Katastrophe aussehen. Dieser Tag war schon viel zu lange voller Schmerz und Elend gewesen. Es war an der Zeit, ihn mit Freude zu füllen.

Kapitel Dreizehn

hloes Bäumchen nahm langsam Gestalt an. Gestern hatte sie ihn mit den Lichtern und dem Weihnachtsbaumschmuck dekoriert, den sie erstanden hatte, doch er wirkte immer noch ein wenig sparsam geschmückt. Dann war sie zum Abendessen zu den Archers gegangen – ihr Haus war ihr nach Dereks Verschwinden einfach zu traurig und einsam vorgekommen – und sie hatten eine Ladung von Emilys Weihnachtspopcorn gegessen, von dem Sara ihr erzählt hatte. Das hatte Chloe auf die Idee gebracht, Popcorn an ihren Baum zu hängen, obwohl immer wieder Stücke aus der Schüssel neben ihr auf der Couch verschwanden, da Ashley sie kunstvoll herausfischte und durch den Raum schleuderte. Im Fernsehen lief »*Love Actually*«, weil Emily ihr einen DVD-Player mit einer Sammlung von Weihnachtsfilmen geliehen hatte, da der Kabelanschluss noch nicht installiert worden war.

Das Abendessen mit den Archers war wundervoll gewesen. Jede Sorge, die Chloe vielleicht hatte, dass sie nicht mit ihnen befreundet sein könnte, wenn es mit Derek nicht klappen sollte, hatte sich in nichts aufgelöst. Es sah so aus und fühlte sich auch so an, als würde nichts aus ihnen beiden werden, und sie hatte sich in der Gegenwart der Archers nicht unwohl gefühlt. Sie hoffte nur, dass es den Archers genauso ging, nachdem sie gemerkt hatten, dass es mit Derek und ihr aus und vorbei war.

Würde er wirklich nach San Francisco ziehen? Den letzten Abend hatte sie damit verbracht, sich darüber Gedanken zu machen, doch das Ganze ergab einfach keinen Sinn. Es wäre viel einfacher für ihn, sie aus seinem Leben zu streichen, als von zu Hause wegzulaufen. Und sie gedachte, ihm genau das zu sagen.

Jetzt, wo sie darüber nachdachte, glaubte sie, die Archers könnten sich von ihr abwenden, vor allem, nachdem ihr „Adoptivkind" sie abserviert hatte.

Bei einem Klopfen an der Tür hätte sie fast ihre Popcornschnur fallen lassen. Sie drehte sich um und schaute durch das Fenster auf die Veranda, aber sie konnte weder sehen, wer an der Tür stand, noch konnte sie ein Auto in der Einfahrt erkennen.

Sie legte die Schnur auf dem Sofa ab und stand auf. Durch die Glasscheiben im oberen Teil der Tür konnte sie erkennen, dass es Derek war. Freude durchfuhr sie, bevor sie sie mit kalter, harter Vernunft unterdrückte: Er war wahrscheinlich hier, um wirklich Schluss zu machen.

Sie schluckte und öffnete die Tür. »Hallo.«

Es regnete, und er war nass. War er etwa hergelaufen? Sie warf erneut einen Blick auf die Einfahrt und vergewisserte sich, dass sie leer war. Ihr Auto stand in der Garage.

Sein Gesicht wirkte ein wenig blass. Seine blauen Augen leuchteten trotz des Schattens auf der Veranda hell. »Darf ich reinkommen?«

Chloes Herz raste, aber sie zwang sich, ruhig zu bleiben. Er konnte aus den besten Gründen hier sein – oder aus den schlechtesten. »Sicher.« Sie hielt die Tür weit auf und ließ ihn eintreten.

Zaudernd trat er über die Schwelle und wischte sich langsam die Füße an der Matte ab, die sie bei ihrem Einkaufsbummel erstanden hatte.

»Darf ich dir den Mantel abnehmen?«, bot sie an.

Wortlos streifte er ihn ab und reichte ihr das Kleidungsstück. Es war klatschnass, also hängte sie es einfach über einen der Esszimmerstühle und ließ das Wasser auf das Parkett tropfen. Sie würde es später aufwischen.

Sie warf ihm immer wieder verstohlene Blicke zu, aber im Moment starrte er nur ins Wohnzimmer – auf den Weihnachtsbaum.

Sie stellte sich neben ihn, wobei sie sich leise bewegte, um ihn nicht zu erschrecken. Er schien nur halb bei Sinnen zu sein. Es musste eine herkulische Anstrengung gewesen sein, überhaupt hierherzukommen, geschweige denn ins Haus zu treten. Sie würde es so langsam angehen, wie er es wollte. Sie hoffte nur, dass er es wollte.

»Er nimmt Gestalt an«, bemerkte sie mit einer Handbewegung in Richtung des Baums. »Ich bastle gerade Popcornschnüre. Willst du mithelfen?«

Sofort schüttelte er den Kopf. Seine schnelle Verneinung ließ die Hoffnung in Chloes Brust erkalten. »Was dagegen, wenn ich mich umschaue?« Er drehte den Kopf und sah zu ihr hinunter. »Allein?«

»Keineswegs. Tu dir keinen Zwang an.« *Bitte, geh nicht wieder weg.*

Er nickte, und wieder erweckte er den Eindruck, als wäre er nicht wirklich bei ihr, als er das Wohnzimmer zum Flur durchquerte, der bis zur Treppe und der Rückseite des Hauses führte. Sie hörte ihn die Treppe hinaufsteigen und zwang sich, auf der Couch sitzen zu bleiben. Die Zeit wurde immer länger und sie griff weder nach ihrer Popcornschnur noch schenkte sie dem Geschehen im Fernseher Aufmerksamkeit.

Emily hatte eine kleine Standuhr für den Kamin geschickt, und Chloe konnte nicht aufhören, sie anzustarren. Fünf Minuten. Zehn Minuten. Stille. Als schließlich eine Viertelstunde vergangen war, hielt sie es nicht länger aus. Sie stand auf und ging zur Treppe. Dann blieb sie stehen. Sie wollte sich nicht aufdrängen. Sie war in der Lage, sich in Geduld zu üben.

Nachdem sie den kleinen Flur gegenüber der offenen Küche durchschritten und weitere drei Minuten auf die Uhr an der Mikrowelle gestarrt hatte, brach ihre Geduld und sie stieg die Treppe hinauf. Auf halber Höhe, wo die Treppe wieder ins Obergeschoss führte, gab es einen Absatz. Dort befand sich ein großes Fenster mit einer Sitzgelegenheit, die sie mit mehreren Kissen und der salbeigrünen Decke aus der Wohnung der Archers gemütlich ausstaffiert hatte. Irgendwie hatte sie den Mut aufgebracht, zu fragen, ob sie die Decke haben könnte. Allein, sie sie hier zu sehen, verdeutlichte ihr, dass man einen Neuanfang schaffen *konnte*. Sie hoffte nur, dass Derek das ebenfalls erkannte.

Dann ging sie die restlichen Stufen hinauf und hielt inne. Wo würde er sein? Es gab zwei Schlafzimmer auf der Vorderseite des Hauses und das Hauptschlafzimmer auf der Rückseite. Ihre Intuition sagte ihr, dass sie nach vorne gehen sollte. Aber sie rührte sich trotzdem nicht. Sie wollte sich nicht aufdrängen. Zwischen einem Rückzug nach unten und dem Weitergehen hin und hergerissen, entschied sie sich, die Wahl ihm zu überlassen. »Derek?«, rief sie leise. Wenn er antwortete, würde sie zu ihm gehen.

Wenn nicht, würde sie versuchen, sich um ihre eigenen Angelegenheiten zu kümmern.

»Hier drin«, kam seine Antwort. Ein Gefühl der Erleichterung durchflutete sie und sie merkte, dass sie den Atem angehalten hatte.

Dann folgte sie dem Klang seiner Stimme und fand ihn im Schneidersitz auf dem Boden des rechterhand gelegenen Schlafzimmers. Bis hin zu den eingebauten Fensterbänken waren die Schlafzimmer spiegelbildlich zueinander gebaut.

Eines der Bretter an der Vorderseite der Fensterbank war gelockert worden. Zwei Stapel Papier und ein Notizbuch lagen neben Derek auf dem Boden.

Er schaute zu ihr auf, und seine Augen strahlten so hell, wie sie es noch nie zuvor bei ihm gesehen hatte. Und sie erkannte, dass es an den Tränen lag, die darin glitzerten. »Die gehören mir.«

Da er ihr nicht gesagt hatte, sie solle verschwinden, schritt sie langsam auf ihn zu. »Was ist das?«

»Gedichte. Ich habe sie geschrieben, nachdem wir hierhergezogen sind.« Er lachte - er lachte tatsächlich. »Ich klinge ein bisschen wütend.«

»Wirklich?« Sie kniete sich neben ihn. »Was dagegen, wenn ich mich setze?«

»Bitte.« Er hielt einen der Zettel hoch und las: »Das Leben ist scheiße. Menschen sind scheiße. Alles ist scheiße. Außer Speck. Speck ist nicht scheiße.«

Sie lachte mit ihm. »Ich muss zustimmen. Speck ist in der Tat nicht scheiße.«

Er schüttelte den Kopf, legte das Papier beiseite und nahm ein anderes in die Hand. »Heimat ist ein Wort mit sechs Buchstaben. Ich glaube, es ist kein gutes Wort.«

Chloes Herz drohte entzwei zu springen. »Wie alt warst du, als du das geschrieben hast?«

»Zehn, glaube ich?« Noch einen weiteren Moment ließ er den Blick auf dem Papier ruhen, ehe er es dann auf den Stapel legte. »Wir wohnten etwa seit einem Jahr hier. Ich habe es gehasst.«

Sie musste alle Kraft zusammennehmen, um ihn nicht zu berühren, um seinen Schmerz zu lindern. »Aber ich dachte, du hättest dich in Ribbon Ridge verliebt. Du hast dich mit den Archers angefreundet, nicht wahr? Kyle und du wurdet doch die besten Freunde.«

»Anfangs war das nicht so. Zuerst habe ich versucht, ihn zu verprügeln.« Er schüttelte den Kopf, als könne er nicht fassen, dass er das getan hatte. »Mir gelang es damals, ihm eine blutige Nase zu verpassen.«

Sie schlug sich die Hand vor den Mund. »Das hast du nicht.«

Er nickte, wobei ein Lächeln seine Lippen umspielte, und sie stürzte sich fast auf ihn, weil sie sich so sehr wünschte, dass er glücklich wäre. »Er hat sich über meinen Haarschnitt lustig gemacht. Ich hatte einen Bürstenhaarschnitt, wie mein Vater ihn früher getragen hat. Er war Polizist gewesen.«

Es war das Erste, was er ihr über seinen Vater verriet. Das betrachtete sie als großen Fortschritt, doch sie versuchte, sich nicht zu sehr aufzuregen. »Das ist schön. Nicht, dass Kyle sich über dich lustig gemacht hat, sondern dass du dein Haar wie dein Vater getragen hast.«

Sein Lächeln erstarb. »Ich habe es wachsen lassen und nie wieder so kurz geschnitten.«

Mit aller Macht wollte sie ihn trösten, aber sie hatte zu viel Angst, diesen Moment für ihn zunichtezumachen. »Aber du hast deinen Platz hier gefunden«, stellte sie stattdessen fest.

»Irgendwann. Als ich hierhergezogen bin, habe ich es

mir nicht leicht gemacht. Ich war ziemlich grantig. Habe die Schule gehasst. Habe diese kleine, langweilige Stadt gehasst.« Er schaute sich im Raum um, und die Abneigung stand ihm ins Gesicht geschrieben. »Ich habe dieses Haus verabscheut.«

Sie wartete darauf, dass er weitersprach, und zwang sich, ihre Neugier mit Geduld zu unterdrücken.

»Es war so still. Papa war immer laut und lustig gewesen. Immer hat er geredet, vorgelesen, etwas unternommen oder gemacht. Er war das Licht und der Kern unserer Familie. Ich glaube, sie – unsere Familie – ist mit ihm gestorben, als er starb.«

Dieses Haus bedeutete eine lebendige Erinnerung an den Verlust, den er erlitten hatte. Es war ein Verlust, den er noch immer zu überwinden versuchte. Plötzlich wünschte sie sich, sie hätte auf die Warnzeichen geachtet und das Haus nicht gemietet. Sie liebte ihn und wollte eine Zukunft mit ihm haben. Und wenn das mit diesem Haus nicht zu schaffen wäre, würde sie ausziehen. »Ich werde umziehen. Newberg ist nicht so weit entfernt.« Mit erwartungsvollem Blick schaute sie ihn an und das Herz klopfte ihr bis zum Hals. »Es sei denn, es ist zu spät.«

Ein schwaches Lächeln war seine Antwort und er streckte seine Hand aus, um ihre zu ergreifen. Seine Finger waren kalt, aber kräftig. »Das ist es nicht. Zumindest nicht für mich. Aber vielleicht stimmt das für dich. Ich habe mich wie ein Hornochse verhalten.«

»Für mich ist es ganz bestimmt noch nicht zu spät.« Sie wusste zu schätzen, dass er sein mangelhaftes Verhalten erkannte. »Und ich habe versucht, das zu verstehen. Wenn ich mir auch nicht vorstellen kann, wie es sich anfühlen muss, beide Elternteile zu verlieren, und das obendrein in so jungen Jahren.«

Er drückte ihre Hand. »Ich vermisse sie.« Sein Kiefer straffte sich, und Schmerz zeichnete sich auf seinem Gesicht ab. »So sehr. Und doch kann ich von Glück sagen, dass ich so viel habe. Ich bin nicht allein. Noch nie war ich allein. Warum habe ich dann das Gefühl, allein zu sein?«

Chloe hielt es nicht mehr aus. Sie rückte näher an ihn heran, drückte ihr Knie gegen seinen Oberschenkel und schlang die Arme um seinen Hals. »Weil du in gewisser Weise immer noch der kleine Junge bist, der seine Eltern verloren hat. Und das wirst du immer sein. Es ist ein Teil von dir, und anstatt diesen kleinen Jungen zu verstecken, solltest du ihn vielleicht einladen.«

Tränen rannen ihr aus den Augen, als sie ihn fest umarmte. Um seiner selbst willen, um ihretwillen und für ihre gemeinsame Zukunft – das hoffte sie zumindest.

Nach einem langen Moment holte er scharf Luft. Er drehte den Kopf und küsste sie auf die Stirn. »Du bist mehr als unglaublich. Ich weiß gar nicht, womit ich dich überhaupt verdient habe.«

Lächelnd zog sie sich von ihm zurück und fuhr sich mit ihrer Hand über die Augen. »Du hast nichts Besonderes getan, einmal abgesehen davon, dass ich mich in dich verliebt habe.«

»Ach, Chloe.« Seine Stimme brach. »Ich liebe dich auch.« Er strich ihr das Haar aus dem Gesicht und küsste sie zärtlich. Sie erwiderte seinen Kuss mit all der Liebe, die in ihrer Brust aufwallte.

Es dauerte eine gute Minute, bis sie sich wieder ein wenig zurückzog, obwohl ihre Hände weiterhin um seinen Hals lagen. »Ich werde umziehen. Das ist keine große Sache.«

Er schüttelte den Kopf. »Nein.«

»Nein?«

»Ich will nicht, dass du in Newberg wohnst. Ich wollte ... nun, ich hatte gehofft, ich könnte mich überwinden, dich hier zu akzeptieren, und dass ich lernen könnte, selbst hier zu sein. Aber«, und nun war sein Blick hinreißend flehend, »und bitte hör nicht auf, mich zu lieben, ich schaffe es glaube ich nicht. Ich bin froh, dass ich gekommen bin und dies hier gefunden habe.« Er blickte auf seine Gedichte. »Jetzt fühle ich mich bereit, loszulassen. Ich würde das Haus gern verkaufen.«

Damit hatte sie überhaupt kein Problem. Außer ... »Einverstanden, aber wo soll ich denn wohnen, wenn ich die Wohnung in Newberg nicht nehme?«

Er sah sie mit einem schiefen Lächeln an, dem ein Hauch von Unsicherheit anhaftete und das so liebenswert war, dass sie ihn bis zur Besinnungslosigkeit küssen wollte. »Bei mir natürlich. Wenn dir meine Junggesellenbude nichts ausmacht. Wir können uns auch nach etwas anderem umschauen, wenn es dir lieber ist.«

Sie grinste. »Die Junggesellenbude ist in Ordnung für mich, aber hast du nicht Angst, dass wir die Sache ein wenig überstürzen? Wie lange kennen wir uns? Es sind doch erst eineinhalb Wochen.«

Er streichelte mit seiner Fingerspitze über ihr Gesicht und blickte ihr dann in die Augen. »Ich fürchte mich vor vielen Dingen, aber nicht vor meinen Gefühlen für dich oder vor unserer gemeinsamen Zukunft. Ja, es ist schnell gegangen, aber ich bin so lange im Dunkeln herumgetappt, dass ich mich verzweifelt nach dem Licht sehne. Und du bist mein Licht, Chloe. Meine Liebe.«

Wieder drohten die Tränen zu fließen, aber sie wollten aus Freude, Liebe und Glück ausbrechen. »Ich liebe dich, Derek.«

»Brauchst du noch Hilfe mit den Popcornfäden?«, fragte er.

»Sicher, aber«, fragte sie verwirrt, »wollten wir nicht gehen?«

»Morgen, denke ich. Ich würde gerne deinen Baum fertig schmücken und vielleicht zu Abend essen. Ich möchte meine letzte Erinnerung zu der besten an dieses Haus machen.«

Chloes Herz floss vor Liebe über und erwärmte jeden Zentimeter ihres Körpers. Sie küsste ihn noch einmal. »Willkommen zuhause, Derek.«

Epilog

Regen prasselte an die großen Küchenfenster der Archers, als Derek eintrat, um Chloes und sein Bierglas nachzufüllen. Rob warf gerade einen prüfenden Blick auf den Schinken im Ofen, der für das Abendessen an Heiligabend vor sich hin brutzelte, und drehte sich um, als er Derek hereinkommen hörte.

»Schmeckt es dir?«, fragte Rob und deutete auf den Zapfhahn, an dem er an diesem Morgen gerade seine neueste Bierkreation angeschlossen hatte. Es war ein dunkles bernsteinfarbenes Bier mit ein wenig Würze, das ein wenig ungewöhnlich im Geschmack, jedoch aber wie üblich von außergewöhnlicher Qualität war.

»Es ist großartig«, lobte Derek. »So toll, dass ich glaube, es könnte Chloe betrunken machen.«

»Ups. Sie ist ein kluges Mädchen. Sie wird schon einen klaren Kopf bewahren«, meinte Rob daraufhin lachend.

»Wenn sie so klug ist, was um alles in der Welt will sie dann mit mir?«, fragte Derek, immer noch erstaunt darüber, dass sie ihm noch immer zugetan war, nachdem er sich fortwährend wie ein Hornochse benommen hatte.

»Dich verbessern. Lass den Dingen einfach ihren Lauf.« Rob kam zu ihm und klopfte ihm auf die Schulter. »Das macht Emily schon seit fünfunddreißig Jahren, und ich kann mich nicht beklagen.«

»Oh, ich will mich gar nicht beklagen und ich gebe offen zu, dass sie das Beste ist, was mir je passiert ist.« Er trank das zweite Bier aus und warf Rob einen ernsten Blick zu. »Aber deine Familie steht ganz kurz dahinter.«

»Und damit bin ich zufrieden.« Rob strahlte. Er war überglücklich gewesen, als Derek angekündigt hatte, dass Chloe bei ihm einziehen würde.

Gemeinsam kehrten sie ins Wohnzimmer zurück, wo sich Chloe, Emily, Alex, Sara und Hayden bei ihren verschiedenen Getränken und einer Auswahl an Vorspeisen unterhielten, die problemlos ein Dinner hätten ersetzen können. Die übrigen Archer Kinder würden über die Feiertage nicht nach Hause kommen, aber das machte Derek weniger nervös, als das sonst der Fall war, wobei Kyle eine Ausnahme bildete. Ein Besuch von ihm war längst überfällig, und wenn sich Derek über die Bedeutung, die eine Familie hatte, schon früher klar geworden war, so war diese noch größer geworden, seit er sich in Chloe verliebt hatte. Kyle wusste gar nicht, was er versäumte.

Derek schritt zu Chloe, die in einem Polstersessel saß, und massierte ihr die Schulter. Sie lachte über einen Kommentar, den Hayden gerade losgelassen hatte. Derek beugte sich vor: »Willst du einen Moment mit mir allein sein?«

Sie drehte den Kopf und sah zu ihm auf, während ihre haselnussbraunen Augen im warmen Schein des Weihnachtsbaums und des munter prasselnden Kaminfeuers leuchteten. »Ganz bestimmt.«

»Entschuldigt uns einen Moment.« Derek half Chloe

aus dem Sessel hoch und reichte ihr das Bierglas, ehe er sie aus dem Wohnzimmer führte. Er dirigierte sie die Treppe zum Billardzimmer hinunter.

»Du wolltest Billard spielen?«, fragte sie.

»Nein. Ich wollte dir danken, dass du mich heute Morgen deinen Eltern vorgestellt hast. Ich verstehe, was du über deine Mutter denkst.« Selbst über FaceTime konnte Derek erkennen, dass Barbara English schwierig war. Mehrfach hatte sie sich – positiv, aber dennoch kritisch – über Chloes Aussehen geäußert und hatte Derek dann über seinen Hintergrund ins Kreuzverhör genommen. Dass er Finanzvorstand eines erfolgreichen Unternehmens war, hatte ihm wichtige Punkte eingebracht, ebenso wie der Hintergrund, vor dem sie den Anruf tätigten – sein teuer eingerichtetes Loft.

Die Englishs hatten zaudernd gratuliert, als sie hörten, dass Chloe und Derek zusammenlebten, aber Derek hatte ihre Ängste zerstreut, als er sie vor ein paar Stunden heimlich zurückgerufen und ihnen seinen Masterplan unterbreitet hatte.

»Ich habe dich hierhergebracht, um dich etwas sehr Wichtiges zu fragen.« Er biss sich auf die Zunge, um nicht zu lachen. All dies hatte er bis ins kleinste Detail geplant.

Sie stellte ihr Bier auf den Rand des Billardtisches. Ihre Augen weiteten sich und er konnte buchstäblich die Rädchen sehen, die sich in ihrem Kopf drehten. Es war Heiligabend, sie waren bis über beide Ohren ineinander verliebt, und er hatte sie an einen ruhigen Ort gebracht, um ihr eine Frage zu stellen. Es gab nur eine Sache, die ihr durch den Kopf ging – und genauso hatte er es gewollt. »Hast du das?«

Er nickte. »Aha. Es hat sich herausgestellt, dass Onkel

Ted in den Ruhestand gehen will und Rob möchte, dass du die neue Künstlerin der Archer Pubs wirst.«

»Was?« Der Ton ihrer Frage drückte zu gleichen Teilen freudige Überraschung und unerwarteten Schock aus. Die Frage gefiel ihr zwar, aber es war nicht die, die sie erwartet hatte.

Derek unterdrückte ein Lächeln. »Die Arbeitszeiten sind flexibel, also kannst du weiterhin an der Schule unterrichten. Zugegeben, du wirst ein bisschen reisen müssen, um die Räumlichkeiten zu malen, aber ich komme mit, wenn du willst.«

Sie starrte ihn an. »Oh. Ähm, ja sicher.« Sie schüttelte den Kopf und Derek hatte fast Mitleid mit ihr. Fast. »Sehr gerne. Ich meine, danke, ich bin begeistert.« Sie lächelte, und er wusste, dass sie trotz ihrer Verblüffung wirklich begeistert war.

»Also, was dieses Billardspiel angeht ...« Er schlenderte zur Wand hinüber und nahm einen Billardstock in die Hand. »Warum holst du nicht die Kugeln?«

Sie starrte ihn weiter an. Dann legte sie die Stirn in Falten und schürzte die Lippen. »Willst du Billard spielen? Jetzt?«

»Sicher, warum nicht?«, fragte er, wobei er so viel Unschuld in seinen Tonfall legte, wie er nur aufbringen konnte.

»Oh. Okay dann. Warum hast du die anderen nicht eingeladen, mit uns zu kommen?« Sie fischte drei Kugeln aus der mittleren Tasche an ihrer Seite. Dann ging sie in die Ecke und Derek hielt den Atem an. Sie griff in die Tasche und runzelte die Stirn. Als ihre Hand wieder herauskam, hielt sie eine Schachtel in der Hand. Derek schaffte es immer noch, nicht wie ein Hornochse zu grinsen.

»Derek, was ist das?« Sie betrachtete die Schachtel in ihrer Handfläche und hob dann ihren Blick zu ihm.

Er ging um den Billardtisch herum und kniete sich vor sie, als sie den Deckel öffnete. Der ovale 1,2-Karat-Diamant, den er vor drei Tagen in Portland gekauft hatte, funkelte ihr entgegen, als sie nach Luft schnappte.

»Derek!«

»Entspricht das nicht dem, was du erwartet hast, als ich dich hierhergebracht habe?« Er hatte ein Lächeln in seiner Stimme und auf seinem Gesicht. »Ich möchte dich nie wieder enttäuschen.«

Sie hob den Blick von dem Diamanten und sah ihn an, wobei Tränen in ihren wunderschönen Augen schwammen. »Er ist wunderschön.«

Er nahm den Ring an sich und legte die Schachtel auf den Rand des Billardtisches. »Chloe, du hast mein Leben auf viel mehr Arten verändert, als ich je zu hoffen gewagt hatte. Du hast mir Freundschaft, Unterstützung, Liebe und vor allem ein Zuhause geschenkt. Das habe ich noch nie so richtig gespürt, nicht einmal hier, aber mit dir habe ich das Gefühl, dass *alles* möglich ist. Willst du meine Frau werden?«

Sie wischte sich eine Träne von der Wange. »Meine Mutter wird ausflippen.«

»Deine Mutter ist einverstanden.«

Sie starrte ihn an. »Du hast sie gefragt?«

»Und deinen Vater natürlich auch. Sie waren mit unseren Lebensumständen viel zufriedener, weil sie wussten, dass wir verlobt sein würden.«

Sie warf ihm einen skeptischen Blick zu, von dem er wusste, dass er offensichtlich falsch war. »Du warst dir meiner Antwort so sicher, hm?«

»Ich war ... voller Hoffnung.« Das Gefühl hatte er noch

nie zuvor gehabt. »Aber lass mich nicht hängen. Du hast die Stelle schneller angenommen als mich.«

»Ja, ja, eine Million Mal ja!« Sie grinste.

Er nahm ihre linke Hand und steckte ihr den Ring an den Finger. Sie zerrte ihn zum Stehen und schlang ihre Arme um seinen Hals. Nach einem kurzen, aber heißen Kuss zog sie sich zurück. »Wissen die Archers Bescheid?»

»Noch nicht.« Er wollte die Überraschung auskosten und es ihnen persönlich sagen, zusammen mit Chloe. »Ich wollte, dass meine ganze Familie beieinander ist, wenn ich ihnen die Neuigkeit mitteile.«

»Dann sollten wir das auch tun«, meinte sie und drückte ihm die Hand.

Er ließ ihr den Vortritt, doch am Fuß der Treppe blieb er stehen und zog sie zu einem weiteren Kuss zurück. »Ich liebe dich, Chloe. Danke.«

»Wofür? Weil ich dich liebe? Ich konnte nicht anders, fürchte ich.«

»Aber du weißt doch, was ich meine, oder? Dass du meine Familie bist? Mein Zuhause?«

Sie stellte sich auf die unterste Treppenstufe, sodass sie ihm direkt in die Augen sehen konnte, und nahm dann sein Gesicht in die Hände. »Nun sind wir beide zuhause.«

Würden Sie gern mehr über die Archers und Ribbon Ridge lesen? Demnächst erhältlich: Dreams in Ribbon Ridge, mit Sara Archer.

Ribbon Ridge ist eine erfundene Stadt, deren Darstellung auf mehreren Städten und Orten im Willamette Valley zwischen Portland und Oregons Küste basiert. Es ist ein

Pinot-Noir-Weinanbaugebiet, das sehr schön und malerisch anmutet, und nur eine kurze Autofahrt von meinem Wohnort entfernt liegt. Mein Bruder wohnt mittendrin, in einer winzigen Stadt ohne Ampeln. Es gibt jedoch ein tolles Antiquitätengeschäft in einem historischen Schulgebäude (und offenbar sieben PokeStops).

Möchten Sie erfahren, wann mein nächstes Buch verfügbar ist? Sie können sich für meinen Deutscher Newsletter anmelden, mir auf Amazon.de folgen und meine Facebook-Seite liken.

Vielleicht erwägen Sie ja, eine Bewertung bei einem Ihrer bevorzugten Online-Händler oder auf einer Networking-Website zu hinterlassen. Das würde mich sehr freuen.

Ich weiß all meine Leser sehr zu schätzen. Vielen, vielen, *vielen Dank.*

Bücher von Darcy Burke

Zeitgenössische Romane

Ribbon Ridge, Oregon

Christmas in Ribbon Ridge

Dreams in Ribon Ridge

New Beginnings in Ribbon Ridge

Hope in Ribbon Ridge

Passion in Ribbon Ridge

Forever in Ribbon Ridge

Second Chance in Ribbon Ridge

Trust in Ribbon Ridge

Safe in Ribbon Ridge

Secrets in Ribbon Ridge

Historische Romantik

Der Phönix Club

Ungehörig: Das Mündel des Earls

Leidenschaftlich: Eine zweite Chance für das Eheglück

Intolerabel: Die Schwester des besten Freundes

Unschicklich: Eine Vernunftehe

Unmöglich: Eine Schöne und ein Scheusal im Liebesglück

Unwiderstehlich: Eine Scheinehe mit dem Spion

Untadelig: Eine geheime, verbotene Affäre

Unersättlich: Der geläuterte Lebemann und die unwillige Debütantin

Die Unberührbaren

Ein Earl als Junggeselle (prequel)

Der verbotene Herzog

Der wagemutige Herzog

Der Herzog der Täuschung

Der Herzog der Begierde

Der trotzige Herzog

Der gefährliche Herzog

Der eisige Herzog

Der ruinierte Herzog

Der verlogene Herzog

Der betörende Herzog

Der Herzog der Küsse

Der Herzog der Zerstreuung

Der unverhoffte Herzog

Der charmante Marquess

Der verwundete Viscount

Die Unberührbaren: Die Prätendenten

Geheimnisvolle Kapitulation

Ein skandalöser Pakt

Des Gauners Rettung

Chroniken der Ehestiftung

Der verstockte Herzog

Ein Earl als Junggeselle

Der ausgerissene Viscount

Die unechte Witwe

Ruchlose Geheimnisse und Skandale

Ihr ruchloses Temperament

Sein ruchloses Herz

Die Verführung des Halunken

Verliebt in eine Diebin

Die Schöne und der Halunke

Einmal Halunke, immer Halunke

Die Liebe ist überall

(*eine Regency Weihnachtstrilogie*)

Der Earl mit dem flammendroten Haar

Das Geschenk des Marquess

Eine Freude für den Herzog

Der Club der verruchten Herzöge

Eine Nacht zum Verführen by Erica Ridley

Eine Nacht der Hingabe by Darcy Burke

Eine Nacht aus Leidenschaft by Erica Ridley

Eine Nacht des Skandals by Darcy Burke

Eine Nacht zum Erinnern by Erica Ridley

Eine Nacht der Versuchung by Darcy Burke

Danksagungen

Ein besonderes Dankeschön geht an Holly van Schaick, eine Feuerwehrfrau aus Washington, die so freundlich war, alle meine Fragen über das Löschen von Bränden zu beantworten. Holly hat tatsächlich zwei Kätzchen gerettet, die vorübergehend blind waren und deshalb versuchten, *in* ein brennendes Gebäude zu gelangen, um sich zu wärmen. Danke, dass du eine Heldin bist, Holly; wir sind dankbar für die Dienste, die du leistest und wissen sie sehr zu schätzen. (Und danke, Rachel Grant, dass du uns zusammengebracht hast UND dass du es gelesen hast. Du rockst, wie immer.)

Impressum

Deutsche Erstausgabe von:
Darcy E. Burke Publishing
Zealous Quill Press
13500 SW Pacific Hwy., Ste. 58-419
Tigard, OR, 97223
USA

Für die Originalausgabe:
Copyright © WHERE THE HEART IS, 2013 by Darcy Burke, All rights reserved.

Für die deutschsprachige Ausgabe:
Copyright © 2023 by Petra Gorschboth
Redaktion: Nicole Wszalek
Umschlaggestaltung: © Dar Albert, Wicked Smart Designs.

ISBN: 9781637261880

www.darcyburke.de

Über die Autorin

Darcy Burke ist die USA Today Bestsellerautorin für sexy,
emotionale, historische und zeitgenössische Romantik.
Darcy schrieb ihr erstes Buch im Alter von 11 Jahren – mit
einem Happy End – über einen männlichen Schwan, der
von der Magie abhängig war, und einen weiblichen
Schwan, der ihn liebte, mit nicht sehr gelungenen Illustra-
tionen. Schließen Sie sich ihr an newsletter!

Darcy, die in Oregon an der Westküste der Vereinigten
Staaten geboren wurde, lebt am Rande des Wine Country
mit ihrem auf der Gitarre spielenden Ehemann und ihren
beiden ausgelassenen Kindern, die das Schreiben geerbt zu
haben scheinen. Sie sind eine nach Katzen verrückte
Familie mit zwei bengalischen Katzen, einer kleinen, famili-
enfreundlichen Katze, die nach einer Frucht benannt ist,

und einer älteren, geretteten Maine Coon, die der Meister der Kühle und der fünf-Uhr-morgens-Serenade ist. In ihrer ›Freizeit‹ ist Darcy eine regelmäßige ehrenamtliche Mitarbeiterin, die in einem 12-stufigen Programm eingeschrieben ist, in dem man lernt, ›Nein‹ zu sagen, aber sie muss immer wieder von vorne anfangen. Ihre Lieblingsplätze sind Disneyland und das Labor Day Wochenende in The Gorge. Besuchen Sie Darcy online unter https://www.darcyburke.de.

facebook.com/darcyburkefans

instagram.com/darcyburkeauthor

pinterest.com/darcyburkewrites

goodreads.com/darcyburke

www.ingramcontent.com/pod-product-compliance
Lightning Source LLC
Chambersburg PA
CBHW020146120726
47903CB00007B/2436